हिन्द पॉकेट बुक्स

प्रेम-कहानी

ममता कालिया एक प्रमुख भारतीय लेखिका हैं। उनकी शिक्षा दिल्ली, मुंबई, पुणे, नागपुर और इन्दौर शहरों में हुई। उनके पिता विद्याभूषण अग्रवाल पहले अध्यापन में और बाद में आकाशवाणी में कार्यरत रहे। वे हिंदी और अंग्रेजी साहित्य के विद्वान थे। ममता जी कहानी, नाटक, उपन्यास, निबंध, कविता और पत्रकारिता अर्थात साहित्य की लगभग सभी विधाओं में हस्तक्षेप रखती हैं। हिन्दी कहानी के परिदृश्य पर उनकी उपस्थिति सातवें दशक से निरन्तर बनी हुई है। लगभग आधी सदी के काल खण्ड में उन्होंने 200 से अधिक कहानियों की रचना की है। वर्तमान में वे महात्मा गांधी अंतरराष्ट्रीय हिंदी विश्वविद्यालय की त्रैमासिक पत्रिका *हिन्दी* की संपादिका हैं।

ममता कालिया

प्रेम-कहानी

हिन्द पॉकेट बुक्स

पेंगुइन रैंडम हाउस इम्प्रिंट

हिन्द पॉकेट बुक्स

यूएसए। कनाडा। यूके। आयरलैंड। ऑस्ट्रेलिया। सिंगापुर
न्यू ज़ीलैंड। भारत। दक्षिण अफ्रीका। चीन

हिन्द पॉकेट बुक्स, पेंगुइन रैंडम हाउस ग्रुप ऑफ़ कम्पनीज़ का हिस्सा है,
जिसका पता global.penguinrandomhouse.com पर मिलेगा

पेंगुइन रैंडम हाउस इंडिया प्रा. लि.,
चौथी मंजिल, कैपिटल टावर -1, एम जी रोड,
गुड़गांव 122 002, हरियाणा, भारत

पेंगुइन
रैंडम हाउस
इंडिया

प्रथम हिन्दी संस्करण हिन्द पॉकेट बुक्स द्वारा 1983 में प्रकाशित
यह हिन्दी संस्करण हिन्द पॉकेट बुक्स में पेंगुइन रैंडम हाउस द्वारा 2023 में प्रकाशित

10 9 8 7 6 5 4 3 2

ISBN 9789353490751

मुद्रकः रेप्रो इंडिया लिमिटेड

www.penguin.co.in

FSC www.fsc.org MIX Paper from responsible sources FSC® C047271

This is a legitimate digitally printed version of the book and therefore might not have certain extra finishing on the cover.

उन असंख्य
पाठकों के नाम,
जिनका सराहना,
सद्भावना और स्नेह का
एक लम्बा सिलसिला
लगातार
चलता रहा।

प्रेम-कहानी

पदोन्नति के साथ-साथ पापा का तबादला इस छोटे-से शहर में हो गया। जिस दिन पापा ने दफ्तर से आकर हमें यह खबर सुनाई, हमें विश्वास नहीं हुआ कि इतने छोटे शहर में भी रेडियो-स्टेशन हो सकता है।

जब पापा ने जी० ओ० दिखा दिया, तब भी मैं ममी से कहती रही, 'ममी! टाइपिस्ट ने गलती से मदुरा को मथुरा टाइप कर दिया है। मथुरा में पड़ा हो सकता है, पण्डा हो सकता है, परमात्मा हो सकता है; लेकिन रेडियो-स्टेशन नहीं हो सकता।

पता नहीं क्यों मैं रेडियो को हमेशा महानगरों से सम्बद्ध करती रही थी, पर ममी एक अच्छी पत्नी की तरह पापा की हर बात पर विश्वास करती थीं। उन्होंने फौरन स्टोर में जाकर देखना शुरू कर दिया कि पैकिंग के लिए कितनी पेटियां हैं, व कितनी और खरीदनी पड़ेगी।

प्रेम-कहानी

तबादलों के अन्तर्गत शहर बदलते-बदलते पापा-ममी का दिमाग कुछ इस तरह अभ्यस्त हो गया था कि सरकारी आदेश मिलने के साथ ही वे अपने को पुराने शहर से काटकर नये शहर से जोड़ने लगते। पापा कहीं से ढूंढ़कर नये शहर का नक्शा और गाइड बुक ले आते। फुरसत के वक्त वहां की सड़कों, अस्पतालों और सिनेमाओं के नाम रटे जाते और वहां की विशेषताओं का पता लगाया जाता। वे उस शहर में पहुंचने से पहले ही उससे इतना लगाव पैदा कर लेते कि वहां जाकर उन्हें ऐसा लगता मानो वे किसी नितान्त परिचित जगह पर आ गए हैं।

फिर मथुरा को लेकर तो इस ताम-झाम, तैयारी की भी जरूरत नहीं थी। यह शहर तो लहू बनकर उनकी धमनियों में दौड़ता था।

मेरे लिए यह काम इतना आसान न था। तबादले की सुनते ही मुझे धक्का लगता। हालांकि हर तीन साल बाद यह धक्का लगना पक्की बात थी। हर बार में अपनी सहेलियों, टीचरों, पड़ोसियों को छोड़ते बिलख पड़ती।

फिर इस बार का अफसोस तो और भी गहरा था। खास तौर पर तब, जब मुझे अभी-अभी मराठी में डिस्टिन्कशन मिला था और बी० ए० फर्स्ट डिविजन होने की वजह से योग्यता छात्र-वृत्ति भी मिलनी निश्चित थी। विल्सन कालेज में, जहां एक-से-एक अफलातून पढ़ते थे, मैंने इस साल टाप किया था।

रहे तो हम केवल तीन साल थे; पर बम्बई की बांहों में मुझे बड़ी आत्मीयता, बड़ा अपनापन मिला था। इस वक्त मुझे लग रहा था कि समुद्र के बिना, नारियल के बिना, किटी और

मिट्ठू के बिना, चौपाटी और प्रोफेसर चौबल के बिना कोई शहर, शहर नहीं हो सकता, वह घुड़साल होगी या टकसाल होगी या ससुराल होगी।

लेकिन ममी और पापा का जोश बुलन्द था। मानो पहली बार कोई नई-नवेली नौकरी हाथ आई हो। वे जोर-जोर से नौकरों को आदेश देते, ट्रंक पैक करते, पुरानी कण्डम चीजें दरियादिली से पड़ोसियों को बांटते, सिकन्दर-अंदाज में दावतें खा रहे थे। जिस सरलता से वे मेरा जाना भी माने ले रहे थे, उससे लगता था मैं भी असबाब का एक ही नग हूं।

सो एक दिन सोफे, पलंग, रेडियो, कनस्तर और किताबों के साथ-साथ मैं भी मथुरा पहुंच गई।

मन बेहद झुंझला रहा था। मुझे होस्टल में आसानी से छोड़ा जा सकता था; लेकिन ममी का खयाल था कि उनकी गैरहाजिरी में मैं न खाऊंगी, न नहाऊंगी, न पढ़ूंगी, न जीवित रह सकूंगी। वह मुझे, मुझसे भी अच्छी तरह जानती थीं। लिहाजा मक्खियों से भिन्-भिन् करते इस शहर में पहुंच ही गई।

दरअसल पापा इसी शहर की पैदावार थे। यहीं वह पले, बढ़े और पढ़े। यहीं से एक दिन अपनी प्रतिभा के बूते वह छलांग मारकर दिल्ली पहुंच गए और एक आला अफसर के रूप में नाम कमा गए।

अब हैडक्वार्टर में हालत यह थी कि उनकी पोस्टिंग केवल ऐसे स्टेशनों पर की जाती थी, जहां कई स्तरों पर प्रशासन सुधारने की जरूरत होती या जहां धांधली के मारे व्यवस्था

चरमराकर टें बोलने वाली होती।

पापा ने यहां अपनी नियुक्ति एक चुनौती की तरह स्वीकार की थी। जहां एक ओर उन्हें इस पौराणिक नगरी के रोएं-रेशे से रस-सागर खींच इसके कार्यक्रमों को पुनरुज्जीवित करना था, वहीं दूसरी ओर उन्हें अपनी ऐतिहासिक तटस्थता, निष्पक्षता और मनोबल भी बरकरार रखना था।

इस शहर में उनके बेशुमार बालसखा थे, गुरुजन थे, मित्र थे, शत्रु थे, पूर्वाग्रह थे, पर पापा की खासियत थी कि चुनौतियों के आगे जी जान से लड़ते थे।

वह तो दफ्तर की लड़ाई में लग गए। ममी नये मकान की सफाई, नौकर की तलाश और पड़ोसियों से पहचान में लग गई।

रह गई मैं। मुझे नया कालेज ढूंढ़ना था। पापा ने मेरे हाथ में फीस के रुपये थमाए और कालेजों के नामों की सूची कि जहां पसन्द आए, प्रवेश ले लो। यह तरीका वह तबसे आजमाते आए थे, जबसे मैं दर्जा आठ में थी।

सबसे पहले मैं उस कालेज में पहुंची जो इस शहर का सबसे बड़ा, पुराना और प्रतिष्ठित कालेज था। इमारत काबिले-बरदाश्त थी; लेकिन मेरे विषय मेल नहीं खाते थे।

दूसरे कालेज के फाटक पर गाय बंधी थी और अन्दर बिल-

कुल गौशाला-जैसा माहौला था। वहां भी मेरा विषय नहीं था।

सारा दिन भटकने के बाद मैंने पाया कि एम० ए० में मराठी-साहित्य का अध्ययन करना इस शहर में नामुमकिन है। मैं पैर पटकती हुई घर आई और पापा पर बरस पड़ी।

पापा बोले, 'न सही मराठी, तुम हिन्दी में बी० ए० कर लो, फिलासफी में कर लो, ये भी तुम्हारे विषय थे।'

'पर नम्बर तो हमारे मराठी में सबसे अच्छे थे।' मैंने जिद की।

'जो काम नहीं हो सकता, उसकी जिद नहीं करनी चाहिए। पढ़ाई का निर्णय नम्बरों से नहीं रुचि से लेना चाहिए, फिर जहां जो उपयुक्त हो···।'

'कल को आप कहेंगे, ब्रजभाषा में एम० ए० कर लो। यहां यही उपयुक्त है।'

'मूर्ख! ब्रजभाषा में नहीं भाषा-विज्ञान में कहो। तो उनमें क्या है? कई बड़े-बड़े विद्वानों ने बहुत देर तक अध्ययन करने के बाद अपना विषय बदला है। तुम कौन-सी ऐसी मराठी-साहित्य की आचार्य बन गई हो।'

पापा के समझाने का कोई असर नहीं हुआ। सबसे अलग कुछ कर गुजरने की ललक मन में हिलोरें मारती थी। मैं जिद पर अड़ी रही। पापा भी। वह मुझे वापस बम्बई भेजने को तैयार नहीं थे।

यों हमारे घर में ही इतनी पुस्तकें थीं कि मैं बखूबी अपनी पढ़ाई घर बैठे कर सकती थी। पांच कमरों के मकान में तीन कमरे केवल पुस्तकों से भरे थे। हमारे यहां पहले पुस्तकें गिनकर

रखी जाती थीं, फिर तुलकर रखी जाने लगीं। जब-जब पापा का तबादला होता, घर का बाकी सामान औने-पोने दामों में बेच दिया जाता या दोस्तों, पड़ोसियों में बांट दिया जाता; लेकिन किताबों के लिए हर बार पेटियां बनवाई जातीं, बड़े करीने से पैक की जातीं और एक अलग कागज पर फेहरिस्त बनाई जाती कि पेटी में कितनी किताबें हैं।

इस सबके बावजूद पता नहीं कैसे मेरे जेहन में भी पढ़ाई का मतलब केवल बी०, ए०, एम० ए० पास करना ही था।

पड़ोस में जगमोहनलाल खण्डेलवाल की कोठी थी। उनकी लड़की मेरी हमउम्र थी। वह छुट्टियों में घर आई हुई थी। वह दिल्ली में इन्द्रप्रस्थ कालेज में बी० ए० द्वितीय वष में पढ़ रही थी। पहली मुलाकात में ही हम दोनों की अच्छी दोस्ती हो गई। शाम को हम डैम्पियर पार्क की सड़कों पर घूमते। दोपहर में कभी-कभी नदी किनारे चले जाते। इसी घुमक्कड़ी के दौरान हम दोनों ने सोचा कि कितना अच्छा हो अगर हम दोनों साथ-साथ दिल्ली में पढ़ें।

कहने को उसके घरवाले काफी दकियानूस थे; पर उसके पिता का खयाल था कि आई० पी० की पढ़ी लड़की को आसानी से और अच्छा-सा वर मिल जाता है। इसी आशा से उन्होंने यह कदम उठाया था।

उनकी देखा-देखी पापा भी खतरा उठाने को तैयार हो गए; लेकिन वह मुझे होस्टल में छोड़ने को कतई तैयार न थे। उनका खयाल था कि होस्टल में केवल यशस्विनी जैसी चुस्त और दबंग लड़कियां ही रह सकती थीं। मेरी समझ में नहीं आया कि अपनी

चुस्ती साबित करने के लिए उनके सामने मैं कसरत शुरू कर दूं या दौड़। बहरहाल, मान जाने के सिवा और विकल्प भी क्या था!

ममी ने अपना दिमाग दौड़ाया तो पाया कि उनकी एक दूर की रिश्तेदार शादीपुर डिपो में रहती थी। उनसे चिट्ठी-पत्री हुई तय हुआ कि मैं यूनिवर्सिटी में पढ़ेगी; लेकिन रहूंगी आण्टी के पास, घर में।

बात कोई स्फूर्तिजनक तो नहीं थी, फिर भी सहमति में ही गति थी। एक दिलासा यह था कि दिल्ली में यशा से मिलना तो होता ही रहेगा।

शादीपुर डिपो से इक्कीस नम्बर बस सीधी मौरिस नगर जाती थी और करीब पैतीस मिनट लेती थी। शुरू में यूनिवर्सिटी पहुंचते-पहुंचते इतनी थकान हो जाती कि क्लास में बैठना दूभर हो जाता।

कभी-कभी बस-स्टाप से किसी और लड़की के साथ शेयर करके स्कूटर ले लेती; लेकिन दो-चार बार बैठ लेने के बाद मैंने पाया, यह बस से भी बदतर है। मुझे लगा संसार में निर्मित समस्त सवारियों में सबसे विचित्र सवारी थी दिल्ली का स्कूटर। बैठने वाले की हड्डियों का झुनझुना बजा देने की अद्भुत काबि-लियत थी उसमें, फिर कभी भी बीच रास्ते में स्कूटर को खराब

घोषित कर देना या ड्राइवर का अपनी सीट पर एक शोहदेनुमा साथी को बैठा लेना तो आम बात थी।

जिस तरह दिल्ली के अनुशासनहीन ट्रैफिक के बीच से रास्ता काटकर स्कूटर-ड्राइवर अपनी गाड़ी निकाल भगाता, उससे लगता कि बस यह जिन्दगी का आखिरी लमहा है; लेकिन धीरे-धीरे इस सबकी भी आदत उसी तरह पड़ गई, जिस तरह आंटी के दड़बे-जैसे घर और ऊदबिलाव जैसे बच्चों की।

अगर मैंने यह सोचा होता कि आण्टी के घर में मेरे स्वागत के लिए लोग ऐसे तत्पर होंगे, जैसे एयर इण्डिया का महाराजा, तो मैं सरासर गलत होती।

मैं रास्ते भर अपने को एक खुश्क प्रतिक्रिया के लिए तैयार करती आई थी; लेकिन घर पहुंच जब मैंने देखा कि आण्टी ने मुझे घपची में भर लिया और बच्चों ने फौरन दीदी कहना शुरू कर दिया, तब मैं आश्वस्त हो गई।

घर बहुत छोटा था। कमरा केवल एक। कमरे के पीछे बालकनी थी, जिसे तीन तरफ से ढंककर अंकल ने एक कमरा अपनी वर्कशाप के लिए निकाला था। इससे घर अंधेरा तो हो गया था; लेकिन आमदनी में इजाफा हुआ था।

अंकल दीपक इलेक्ट्रानिक्स में काम करते थे। सुबह आठ बजे वह अपना टिफिन का डिब्बा हाथ में थामे निकलते और बस की कतार में खड़े हो जाते।

शाम सात बजे वह वापस टिफिन का डब्बा थामे घर आ जाते। उनके जाते और आते समय आण्टी इतनी व्यस्त रहतीं कि उन्हें पसीना पोंछने की भी फुरसत न मिलती।

कपड़े बदलने के बाद अंकल मठरी खाते, चाय पीते और अपनी वर्कशाप में घुस जाते।

वह ट्रांजिस्टर का काम करते थे। बहुत सस्ते में, महज पचहत्तर रुपये में वह ट्रांजिस्टर बनाकर बेच देते थे।

तीन तरफ से बरसाती ढकी उस बालकनी में दर्जनों प्लास्टिक के टुकड़े, तार, बल्ब, कन्डैन्सर वगैरह पड़े रहते।

असल में घर का खर्च इसी आमदनी से चलता था। अंकल की तनखा का काफी हिस्सा तो उधार पूरा करने में निकल जाता, जो उन्होंने बहनों की शादी के लिए समय-समय पर लिया था।

अंकल पचास रुपये एडवांस लेते सामान खरीदने के लिए और पच्चीस बाद में।

ठीक नौ बजे वह अपनी वर्कशाप से निकलते, बच्चों से थोड़ी-बहुत बातचीत करते और खाना खाते ही सो जाते।

उनका पूरा कार्यक्रम कुछ इस तरह क्रमबद्ध रहता कि मुझे लगता वह इंसान नहीं, चलती-फिरती घड़ी है। कई बार मुझे भ्रम होता कि उनके अन्दर से वाकई एक टिक-टिक की आवाज आ रही है।

कमरा क्योंकि एक था, हम सब साथ सोते थे। दो खाटें तो वहां पहले से ही पड़ी थीं। अब तीसरी खाट मेरे लिए भी वहीं फंसा दी गई। एक बच्चा मेरे पास सोता था, एक आण्टी के पासे।

मुझे साथ देने के खयाल से आण्टी हर वक्त बात करती रहतीं, महंगाई की बातें, बच्चों की बातें, बच्चों के स्कूल की

बातें, साड़ियों की बातें। ऐसे में मेरी पढ़ाई में खलल पड़ता। इसकी क्षतिपूर्ति मैं लायब्रेरी में बैठकर करती। शहर में और भी कई लायब्रेरी की मैं सदस्या बन गई थी।

देखा जाए तो मेरे पास समय-ही-समय था। दर्शनशास्त्र की पढ़ाई मुझे ऐसी मुश्किल नहीं लगती थी कि कालेज के अन्य कार्यक्रमों में हिस्सा न ले सकूं। घर की कोई जिम्मेदारी मुझ पर थी नहीं। मैं इन्हीं सब में लगी रहती।

कालेज में कई समितियां थीं। उन्हीं में से एक समिति 'सागर-पार-छात्र-समिति' की मैं सचिव चुनी गई। उसका खास काम था। सागर-पार से आने वाले सभी छात्र-छात्राओं से सम्पर्क कर उनकी समस्याएं, उनका स्वभाव और सहूलियतों का पता लगाना मेरे जिम्मे था। उनके मनोरंजन के लिए कार्यक्रमों का आयोजन भी करना था।

इनमें कई छात्र ऐसे थे, जिनके पूर्वज भारतीय थे और जो पीढ़ियों से पश्चिमी अफ्रीका, मलेशिया, अमेरिका, मारिशस आदि सुदूर देशों में नौकरी या व्यवसाय की खातिर जम गए थे। कुछ जापानी छात्राएं थीं, कुछ तिब्बती।

मैंने पाया वे ऊपर से भले ही विदेशी कपड़े पहने हुए थे, अन्दर टटोलने पर सबके सपने, सुख-दुःख, सुविधा-असुविधा एक-सी थीं। सभी अपनेपन के प्यासे, मां, भाई-बहन की यादों

से भरे, जरा-सा कुरेदे जाने पर बरसाती बादल से बरस पड़ते।

घर-द्वार की याद आते समय मुझे लगता मैं भी सागर-पार से आई हूं, इतनी दूरी दिल्ली और मथुरा के बीच है।

जब यशस्विनी को पता चला मैं 'सागर-पार-छात्र-समिति' की सचिव बन गई हूं, तब वह बहुत अधीर हो गई। दरअसल वह विदेशी चीजों की दीवानी थी। जापानी साड़ियां और छत-रियां तो दिल्ली में कभी-कभी मिल जाती थी, लेकिन ट्रांजिस्टर, टेपरिकार्डर और कैमरा अभी दुर्लभ था।

मुझे वैन्गार्ज में कोक पिलाते हुए यशा बोली, यार! कोई लड़की पटाकर अभी से मेरे लिए कैमरे का इन्तजाम तो करा ही दी। गर्मियों में जो छात्राएं घर जाएंगी उनमें से कोई भी आसानी से ला सकती है।'

'हिन्दुस्तानी कैमरे में क्या खराबी है? क्या उसमें तसवीर सुन्दर नहीं आएगी?'

'नहीं रे, वहां की चीज की बात ही और है। अगली गर्मियों में जीजी की शादी है। रंगीन मूवी खींचेंगे, फिर अपने भी तो काम आएगा।'

यशा और मैं कई बार साथ पिक्चर गई। दिल्ली की यशा और मथुरा की यशा में जमीन-आसमान का अन्तर था। यहां यशा हंसी और चुहल का खजाना थी।

कई बार हम सड़कों पर भटकते-भटकते ही इतना खुश हो लेते कि कहीं जाने की नौबत ही न आती।

दिल्ली की दीवारें पढ़ना हम दोनों का शगल बन गया था। दीवारों पर जगह-जगह लिखा था, योग्य जीवन-साथी के लिए

मिलिए : प्रोफेसर धर्मा, रैगड़पुरा, दिल्ली।'

यशा मुझे कसकर च्यूंटी काटती, 'चलो, रैगड़पुरा चले।'

मैं कहती 'क्यों युनिवर्सिटी के ये बीस हजार लड़के क्या कम पड़ते हैं, जो रैगड़पुरा से ढुंढाई शुरू की जाए!'

वह कहती, 'नहीं यार, जरा चलकर देखें यह प्रोफेसर धर्मा शक्ल-सूरत में कैसा लगता है। जरूर मेरे बाप-जैसा खबीर लगता होगा, तभी तो प्रोफेसरी छोड़कर दलाली करता है।'

देखा जाए तो हम दोनों की यौन शिक्षा का पहला सबक इन दीवारों से ही शुरू हुआ। कई विज्ञापन पढ़कर हम सोचते रह जाते कि इनका क्या अर्थ है, पर फिर पाते कि समझना इतना मुश्किल नहीं है, जितना कि पहले-पहल लगा था।

एक और विज्ञापन जो समूची दिल्ली में लिखा पाया जाता वह था, 'मदन-लोक फार्मेसी, कमजोरी का इलाज बिजली से...।'

थी तो मुझसे साल भर छोटी; पर यशा ने ही कहा था, जया! यह इश्तहार ऐसे होना चाहिए, 'मदन-लोक फार्मेसी—थके-हारे कामदेवों की यहां मरम्मत की जाती है।'

यशा का मुंह फटपन मुझे उत्तेजक लगता था। वह मुझसे ज्यादा मुक्त थी और कुण्ठाहीन। जीवन से उसकी अपेक्षाएं भी ज्यादा थीं; लेकिन अपने मां-बाप का रवैया उसे हमेशा खिन्न कर देता।

'तू अपने घर की इकलौती औलाद है जया! तुझे क्या पता चार लड़कियों के बाप को अपनी बेटियां ब्याहने की कैसी उतावली रहती है। वे रिश्ता ढूंढ़ते समय यह नहीं देखते कि रिश्ता

लड़की के लायक है या नहीं, वे तो गिनती पूरी करते हैं। मेरी दोनों दीदियों के एक-एक कर ब्याह हुए, तो पिताजी ने हर बार हाथ झाड़कर कहा—'यह भी गई, अब बची तीन। यह भी पार लगी, अब बचीं दो···उनके लिए हमें कुएं में धकेलना या ब्याह में धकेलना एक बराबर है। बस दो पैर, दो हाथ का जीव होना चाहिए, इतना भर देखते हैं वह। बाइ गाड! मैं तो ऐसे शादी नहीं करूंगी।'

'कर देंगे, तो क्या करेगी?'

'आत्मदाह, कपड़ों पर तेल छिड़ककर जल मरूंगी, देख लेना!'

शनिवार को मेरी क्लास जल्दी खत्म हो जाती थी, यशा की भी।

हमने तय किया कि मद्रास कैफे में चलकर दोसा खाएंगे, वहां से शंकर मार्केट जाएंगे। दरअसल शंकर मार्केट में एक दर्जी बहुत बढ़िया और सस्ते कपड़े सीता था, साथ ही वक्त पर कपड़े तैयार कर देता था। यह तीनों दुर्लभ गुण एक ही दर्जी में ढूंढ़े थे यशा ने और अब आई० पी० होस्टल की तमाम लड़कियां उससे कपड़े सिलाने लगी थीं।

यशा बोली, 'मेरी मां ने मथुरा से झोले-जैसे ब्लाउज बनवा कर दे दिए हैं। उनमें से एक की जगह दो लड़कियां भी घुस जाएं, तो पता न चले।'

मेरे ब्लाउज भी फीके पड़ने लगे थे। हम दोनों ने जनपथ से कपड़ा खरीदा और न्यू ईरा टेलर्स में घुस गए। दुकान में बड़ी भीड़ थी। टेलर-मास्टर ट्रायल-रूम में माप ले रहा था।

मैं यशा के साथ अन्दर गई। उसने पहले यशा का माप लिया। वह इतनी जल्दी-जल्दी माप के अंक बोल रहा था कि मुझे लगा कि कोई उतनी जल्दी लिख ही नहीं सकता।

फिर उसने मेरा माप लिया। उतनी ही जल्दी वह मेरा माप बोल गया। मैंने सोचा जरूर हम दोनों के माप गड्डमड्ड हो जाएंगे। यशा का बदन मेरी अपेक्षा ज्यादा गदराया हुआ था। लेकिन यशा को ये छोटी-छोटी बातें व्यापती नहीं थी। वह आलू की टिक्की खाने, बरामदे में अटक गई।

उस दिन हम दोनों ने काफी मटरगश्ती की फिर थककर हम रीगल के सामने वाले मैदान में बैठ गईं।

यशा ने कहा, 'यार! अगर तू मेरी पक्की सहेली है, तो तेरी एक सलाह लेनी है।'

'क्या?'

'अगर कोई तुझे प्यार करे, बहुत प्यार करे, तो जो वह कहे तू मान लेगी!'

'क्या कहे?'

'अरे, वह नहीं जो तू समझ रही है। यार! सच्ची-सच्ची बताऊं। मेरी एक सहेली थी फरीदा। इसी साल बी० ए० पास कर वापस घर चली गई शिकागो। वह पक्की सहेली थी। मेरे दो-चार फोटो भी उसके साथ चले गए। उसका बड़ा भाई है। मुहम्मद। जब से मेरे फोटो देखे हैं, मुझ पर दिलोजान से फिदा है। ऐसे-ऐसे खत लिखता है कि हाय! तुझे क्या बताऊ, तु खुद ही पढ़ ले।'

उसने पर्स से निकालकर एक नीला लिफाफा मुझे पक-

ड़ाया। खत क्या था पच्चीस-तीस पन्ने का पोथन्ना था, जिसे पढ़ने में आध-पौन घण्टा तो कम-से-कम लगता है।

मैं झुकती शाम देखकर डर रही थी कि घर जाने को देर हो रही है; पर जीवन में पहली बार किसी प्रेम-पत्र को हाथ लगाया था। उसे छूते मात्र से मेरे बदन में कंपकंपी उठ गई।

अन्दर-ही-अन्दर जिज्ञासा से मेरा बुरा हाल था, फिर भी मैंने कहा, 'न बाबा! मैं नहीं पढ़ती किसी दूसरे का खत! तुझे मुबारक!'

यशा ने लिफाफा दुलार से वापस पर्स में रख लिया, 'चल तुझे मजमून ही बता दूं। यार! उसने पहले तो सात दिनों के अपने सात ख्वाब बयान किए हैं। ख्वाब में कभी मेरे साथ रोम धूम लेता है, तो कभी मिलान, कभी न्यूयार्क तो कभी मैक्सिको। जाने कौन-कौन-सी जगहों के नाम लिखता है कि वहां पहुंच उसने मुझे चूम लिया।'

बात किसी और की, किसी और के लिए थी; लेकिन मैं ऊपर से नीचे तक दहक उठी।

'सातवां ख्वाब बयान करते हुए तो उसने हद कर दी। कहता है, उसने देखा, हम दोनों समुद्र में तैर रहे हैं। दोनों ने अपने-अपने जजबातों के सिवा और कुछ नहीं पहना है। अचानक तूफान उठता है। आगे लिखता है, मैं आपको कन्धों पर उठाकर भागने लगता हूं, भागता चला जाता हूं, भागता चला जाता हूं, किसी महफूज जगह की तलाश में। यहां तक कि ठोकर खाकर गिर पड़ता हूं।'

सुनाते-सुनाते यशा का चेहरा तप उठा था। उसकी मस्ती,

चुलबुलापन सब गायब थे। वह महज एक अहसास थी, एक जिन्दा, कांपता, फड़कता अहसास। ऐसा लग रहा था, जैसे ये लफ्ज अंगुलियां बनकर यशा की कलाइयां जकड़े हुए थे। अन-जाने में वह अपनी कलाइयां सहला रही थी।

'यशू! बातें तो बड़ी दिलफरेब हैं; पर बता, इनका कोई अंजाम भी ही। इस साल तेरी पढ़ाई पूरी होते ही तेरे पिताजी तेरे लिए एक सुन्दर, सुशील सजातीय वर ढूंढ़कर तेरे हाथ पीले कर देंगे, फिर तू क्या करेगी, बता।'

'अल्लाह कसम! मैं या तो हत्या कर डालूंगी या आत्महत्या।'

'मैं कई दिनों से सोच रही थी कि आखिर यशा इतनी उर्दू में क्यों बोलने लगी है?'

'यार! ऐसी नफीस भाषा में लिखता है फरीदा का भाई कि मर-मर जाती हूं मैं। यों ही नहीं, फिल्म वाले उर्दू पर फिदा हैं। कम्बख्त खत के कोने पर इतना भर लिख देता है—आप कैसी हैं, कहां हैं? तो मन होता है, अभी प्लेन पकड़कर उड़ चलूं।'

'ऐसी बेवकूफी न करना। तू उसके बारे में कुछ भी तो नहीं जानती। क्या करता है, कितना पढ़ा है, कैसा स्वभाव है? फिर तुझसे सिर्फ मोहब्बत फरमाता है या शादी का इरादा भी?'

यशा गुलाबी पड़ गई, 'इस बार···लिखा है उसने, आप आएं तो मैं एयरपोर्ट पर मौलवी लेकर मौजूद रहूंगा।'

'पर तू सोच, तेरे पिता, मां, दादी तुझे इतनी छूट देंगे?'

'सोच रही हूं, जया! पिता तो भनक पड़ते ही बन्दर की तरह खिबर जाएंगे मुझ पर। अम्मा को तू अच्छी तरह जानती है। सगी होते हुए भी हमेशा सौतेली बनी रही हैं। मुझे होस्टल में भी इसीलिए पटका था उन्होंने। जब नई-नई होस्टल में आई थी, तब रातों को अकेले डर लगता था। इसी फरीदा से लिपट-कर सुकून पाया करती थी तब। उन्हीं उलझनों में पढ़ाई-लिखाई आजकल चौपट हो रही है। पता नहीं पास भी हो पाऊंगी या नहीं।'

'यह नफीस उर्दू तेरे पल्ले पड़ जाती है? मैं अभी भी खत के बारे में सोच रही थी।

'नहीं, यार! अभी उस दिन हिन्दी-उर्दू डिक्शनरी खरीद - कर लाई, तब तो अपना मोहब्बतनामा समझ में आया।'

मुझे यकायक अपना आप बड़ा अकेला और अभागा लगने लगा। यशा से साल भर बड़ी होने पर भी मेरे जीवन में ऐसी एक भी घटना नहीं थी, जो मैं गुपचुप आलमारी में बंद रखना चाहूं। मेरे अन्दर एक बियाबान सहसा भन्नाने लगा।

मैं उठ खड़ी हुई, 'हाय! आज तो बहुत देर हो गई। जाने आण्टी कितनी परेशान हुई होंगी।'

हमें विपरीत दिशाओं में जाना था। यशा सौ नम्बर बस की क्यू में खड़ी हो गई और मैं इक्कीस नम्बर में।

जब मैं घर में घुसी, तब अच्छा-खास अन्धेरा हो गया था।

आण्टी मुंह फुलाए चौके में कुछ खटर-पटर कर रही थीं। अंकल अपनी वर्कशाप से बाहर बनियान और तहमद में खिड़की के पास बैठे बाहर देख रहे थे।

मैंने आते ही बताया कि मुझे कहां देर हो गई और कैसे। आण्टी ने धप से लाकर खाने की ट्रे रख दी, 'हमारी बला से! जहां चाहे, जिसके साथ घूमो-फिरो; लेकिन फिर यह न हो कि लोग कहें, आण्टी के यहां काम कर-करके लाड़ो रानी फेल हो गई।'

मुझे अपनी इस नासमझ आण्टी पर बड़ा तरस आया। फेल-पास तो मेरे जीवन का खतरा था ही नहीं। हमेशा रिकार्ड तोड़ने वाली मैं ज्यादा-से-ज्यादा बुरा परीक्षाफल लाती, तो बस यही कि युनिवर्सिटी में पोजीशन न आती; लेकिन इस वक्त चुप रहना बेहतर था।

अंकल बोले, 'तुम्हें सुबह बताकर जाना चाहिए था।'

स्पष्ट ही दोनों को बुरा लगा था। इसका अन्दाज मुझे था; लेकिन यह अनुमान मेंने बिलकुल नहीं किया था कि मेरे ऊपर बेवजह शक भी किया जा सकता है। पापा-ममी की विशेषता थी कि आज तक उन्होंने मेरे सच को झूठ नहीं समझा।

मन खिन्न हो गया। खाना खाने की इच्छा खत्म हो गई।

अंकल बोले, 'बाहर खा आई लगती है।'

सफाई देनी मुझे हमेशा नागवार रही है। मैं चुपचाप किताब लेकर लेट गई।

तभी बिट्टू ने कहा, 'ममी! बत्ती बन्द कर दो, नींद नहीं आ रही।'

आण्टी ने बर्तन समेट, झटपट बिजली बुझा दी।

'लो, हो गई पढ़ाई' मैंने सोचा। झुंझलाकर बिट्टू के साथ लेट गई।

जाने कितनी देर नींद नहीं आई। कमरे में बाकी सब सो रहे हों और एक आप जाग रहे हों, तो एक अजीब भय लगता है, सुनेपन का। हरेक के खुर्राटे सुनते, ढीले बदन देखते आप कितने अकेले हो जाते हैं।

छह साल के बिट्टू ने चारपाई का अधिकांश हिस्सा अपनी टांगों से हथिया लिया था।

पाटी से लगी-लगी मैं न जाने क्या-क्या बे-सिलसिला सोचती रही, मम्मी-पापा का अकेलापन, बम्बई के क्राफर्ड मार्केट में देखे हुए अंजीर, अपने मेन्सेस की तारीख, ट्यूटोरियल का पहला पैरा, बलराज साहनी की आवाज, यशा का पागल

प्रेमी ''' इन्हीं दिमागी तसवीरों को देखते-देखते आंख पता नहीं कब लग गई।

बड़ी गहरी नींद रही होगी, इसीलिए बड़े झटके से टूटी। दरअसल हुआ यह कि नींद में यकायक लगा जैसे कोई सारे बदन का माप ले रहा हो।

आभास नींद के समुन्दर में डूबा, उतराया, फिर ऊपर आ गया। लगा मैं दर्जी की दुकान पर हूं; लेकिन यह कूल्हे और जांघ के दरम्यान कैसा माप? अचकचाकर बैठी हो गई।

देखा—पायताने अंकल सिटपिटाए खड़े हुए थे। अंधेरे में भी उनकी आतंकित, खिसियाई आकृति मुझे दीख रही थी।

मैंने मुंह पलटकर आंटी की ओर देखा। शायद मैं जोर से पुकारना चाहती थी, पर आवाज को न जाने क्या हो गया था। उसमें से जान ही निकल गई थी।

तभी मुझे अपने पैरों पर स्पर्श का स्पष्ट अहसास हुआ। अंकल मेरे पैरों पर सिर टिकाए हुए थे। पता नहीं कैसे, खामोशी-ही-खामोशी में, क्षण के अणु अंश में यह इतनी बड़ी दुर्घटना हो गई।

अंकल फौरन बिस्तर में छिप गए और उन्होंने दीवार की तरफ मुंह कर लिया।

मैं सुबह तक जागी रही। मुझे लगता रहा, अभी मुझे

उलटी आएगी या बुखार चढ़ेगा या मेरे शरीर का कोई हिस्सा काला पड़ जाएगा या मेरे मुंह में बदबू होगी···मेरा कोई अनिष्ट होने ही वाला है। नफरत से बदन कांप रहा था।

सुबह आंटी ने हमेशा की तरह हम सबको चाय दी, तो मैं दुविधा में पड़ गई। आंटी की खीझ-भरी 'लो न' पर प्याला मैंने ले लिया।

चाय खट्टी लग रही थी और प्याला चिपचिपा।

मैं बड़े गौर से आंटी को देखती रही। बिस्तरे उठातीं, दरवाजा खोलतीं, गरम पानी की बाल्टी लातीं, बाजार से सब्जी का भारी थैला उठाकर लातीं मेरी आंटी आखिर किस विश्वास पर इतनी मशक्कत करती थीं।

फिर वह पसीने से भरा चेहरा लिए अंकल के जूते पालिश करने लगीं। मुझे उनपर क्रोध और तरस एक साथ आया। मैं बड़ी मुश्किल से वे जूते उनकी गोद से उठाकर दूर फेंकने की अपनी इच्छा पर काबू पाने की कोशिश कर रही थी।

बिट्टू और अप्पू स्कूल के लिए तैयार होते-होते अपने पापा को स्कूल में हुए जादू के खेल का हाल सुना रहे थे। उनके अंग-अंग में सवेरे की स्फूर्ति समाई हुई थी। यह नन्हें-नन्हें इलाही लमहे, जो अपनी गृहस्थी में ही नसीब होते हैं, अभी कुछ घण्टे पहले अंकल किस तरह अपने बूट के नीचे कुचलने जा रहे थे।

मेरी आंटी जिन्होंने न जाने कितना शीत-ताप सहकर इस मकान को घर बनाया था, कितनी बेवकूफ बनी थीं, अपने विश्वास में। जिसे वह मानती थीं, जिसके बच्चों की वह मां थीं, वह महज़ एक लपलपाता हुआ जिस्म था।

मुझे तथा अंकल के मन में सोई हुई आंटी और मुर्दा पड़ी आंटी के बीच कोई फर्क नहीं था।

सम्पर्कों के बारे में कोई ज्ञान न होते हुए भी मुझे यह जरूर लग रहा था कि अंकल ने आंटी के अधिकारों का अतिक्रमण किया था।

मुझे याद आया पिछले साल हमारे पड़ोस में रह रहे एक युवक ने अपनी पत्नी की मृत्यु के ठीक हफ्ते भर बाद अपनी साली से विवाह कर लिया था। मेरी समझ में नहीं आ रहा था कि आदमी की देह कौन-सी भभक थी, जिसके आगे सम्बन्धों की शाश्वतता भी सिर पीट लेती थी।

मैं इस घर को, बच्चों को, आंटी को देखकर हद दर्जा भावुक हो रही थी।

मुझे चिढ़ हो रही थी उस आदमी से जो सामने बैठा हजामत बना रहा था, जिसके सिर के दस-बीस सफेद बाल मुझे यहीं से बैठे-बैठे साफ दिखाई दे रहे थे और जिसके कारण पिछले दिनों आंटी ने एबॉर्शन कराया था व पीली पड़ गई थीं।

रात की खिसियाहट इस चेहरे से एकदम गायब थी। हजामत के साथ-साथ ही शायद उसने उसे भी छीलकर उतार दिया था। एक जिम्मेदार आदमी की हैसियत से अंकल बैठे अपने दैनिक कार्यक्रम निपटा रहे थे, इस बात से बिलकुल बे-खबर

कि उन्होंने मिनटों में मुझे कितना ध्वस्त कर डाला था।

मैं जल्द तैयार होकर विश्वविद्यालय चली गई; लेकिन वहां पहली बार किताबों में मन नहीं लगा। मन उड़-उड़कर रात की बात पर पहुंच जाता।

मुझे यशा से बेहद ईर्ष्या हुई। एक उसका अनुभव था। पहले प्यार का वह पागल मोहब्बतनामा। एक मेरा तजुर्बा था—तलखी, तनहाई और तौबा से भरा हुआ।

इस क्षण मुझे लग रहा था कि शायद अब ताउम्र मैं प्यार के काबिल नहीं रहूंगी या शायद मर्द प्यार के काबिल नहीं होते। इस एक वारदात के बाद मुझे लग रहा था, मर्दों के चेहरे, चेहरे नहीं, धुले-पुंछे श्यामपट होते हैं, कुछ भी लिखो, कुछ भी मिटा लो। सुबह उठो, कपड़े बदलो, शेव करो, सब साफ!

एक बात तय थी। अब आंटी के यहां रहना नामुमकिन था। दोपहर को मेरा मन घर लौटने को जरा भी नहीं हो रहा था। यह सब घर पर भी नहीं लिखा जा सकता था। आंटी को बताना भी असम्भव था।

कई घंटे भयानक पेशोपेश में बिताकर मैंने अन्ततः चार बजे शादीपुर डिपो के लिए बस पकड़ी।

आंटी बैठी स्वेटर बुन रही थीं। उनके स्वभाव में सरलता और सेवा कुछ इस कद्र घुले-मिले थे कि मुझे कभी महसूस ही नहीं हुआ कि मैं मम्मी के पास नहीं हूं। आज भी मुझे देखते ही वह उठीं और खाना गर्म कर परोस दिया। मेरा कलेजा मुंह को आ रहा था। उनकी निश्छल आंखें, सहज हंसी और बेफिक्र बातें मेरी जुबान पर ताला डाले थीं।

बहुत ऊहापोह के बाद मैं बस इतना कह सकी, 'आंटी, मुझे एक सहेली के साथ होस्टल में कमरा मिल रहा है। यहां से आने-जाने में मैं थककर चूर हो जाती हूं। आप कहें तो मैं चली जाऊं।'

पता नहीं किस आधार पर मैं इतना बड़ा झूठ बोल गई। अब मुझे क्या करना है, कहां जाना है, मैं कुछ भी नहीं जानती थी, सिर्फ एक बात मेरे दिमाग में घनघना रही थी, 'मुझे यहां नहीं रहना है। फिलहाल इस घर से कोई सम्बन्ध नहीं रखना है। आंटी की निश्छल आंखों से दूर कहीं जाना है।'

आंटी ने यह बात शाम को अंकल से कही।

अंकल ने कुछ नहीं कहा, सिर झुकाए ट्रांजिस्टर में कंडेसर फिट करते रहे।

आंटी बोलीं, 'पहले हम घर चिट्ठी डाल लें। जवाब आ जाए, तब चली जाना।'

मैंने कहा, 'जवाब आता रहेगा। तत्काल नहीं गई तो कमरा हाथ से निकल जाएगा।'

मेरी मुद्रा देखकर आंटी ने मुझे समझाने की कोशिश छोड़ दी।

मेरे जाने की बात बच्चों को भी पता चल गई। घर के वातावरण में मुझे एक बदलाव नजर आ रहा था। वह शायद इसीलिए भी था कि मेरी चारपाई सीढ़ियों के पास वाली दुछती में रखवा दी गई थी। जाने की बात कहने के बाद से ही मैं उस घर के लिए 'गई हुई' हो गई थी।

सोमवार को ट्यूटोरियल के लिए कालेज जाना होता था। कालेज के दर्शनशास्त्र-विभाग के अध्यक्ष हमारी आखिरी क्लास लेते थे। हफ्ते में दो ही दिन में डेढ़-डेढ़ घंटे के लिए कालेज जाना होता था।

कालेज की क्लासों की खासियत यह थी कि हमारी ये क्लासें ज्यादातर कैंटीन के लान पर हुआ करती थीं और काफी या कोक पीते हुए हम पढ़ा करते।

उस दिन क्लास खत्म होने के बाद मैं विभागाध्यक्ष के साथ उठ खड़ी हुई। कैंटीन-लान से स्टाफ-रूम तक के रास्ते में, संक्षेप में मैंने उनसे अनुरोध किया कि किसी तरह मुझे होस्टल में जगह दिलवा दें, नहीं तो मेरा आगे पढ़ना मुश्किल होगा। मैंने यह भी कहा कि कुछ बातें ऐसी हैं, जिन्हें मैं खोलकर कह भी नहीं सकूंगी। प्रोफेसर समझदार थे। उन्होंने प्रिन्सिपल से बात करके एक डबलरूम में मेरे लिए तीसरा बिस्तर डलवा दिया।

यह व्यवस्था मेरे लिए और भी अच्छी थी, क्योंकि जब तक मुझे डबलरूम में उचित सीट नहीं मिलती, तब तक इस अतिरिक्त प्रबन्ध का कोई किराया देय नहीं था। मैंने घर पर भी यही लिख दिया, जो प्रोफेसर से कहा था और अब सामान लेकर होस्टल आ गई।

कमरे की दोनों लड़कियों ने मुझे उपेक्षा से देखा और अपने-अपने में व्यस्त हो गई। डबल रूम में तीसरा बिस्तर देख उन्हें चिढ़ होनी स्वाभाविक थी, मैंने अलमारी में किताबें टिकाई और वाटर-बाटल में पानी भर लिया।

यहां बड़ी सहूलियत हो गई। विश्वविद्यालय पहुंचने में न

तो थकान होती थी, न देर। न ही लायब्रेरी में बैठने पर बस छूट जाने की धुकपुक। आत्मनिर्भर व आजाद रहने से जीवन में एक नई ताजगी आ गई।

वक्त-बेवक्त दिल्ली की धूल फांकने में, बस की धक्का-मुक्की में, जनपथ की पटरी-शापिंग में एक निराला मजा आने लगा।

यशा इस सब में साथी थी ही। होस्टल की अन्य लड़कियों से भी पट निकली। कभी-कभी हम बीस-बीस लड़कियां इकट्ठी निकलतीं और जिस दुकान में घुसतीं दुकानदार की नाक में दम कर देतीं। बस में बैठतीं तो हमारी ही-ही, हा-हा में और कुछ सुनाई न पड़ता।

कालेज में 'सागर-पार-छात्र-समिति' के उद्घाटन के अबसर पर परम्परानुसार सभी कालेजों के सागर-पार-छात्र आमंत्रित किए गए। अमेरिकी दूतावास के राजदूत मुख्य अतिथि थे।

सांस्कृतिक कार्यक्रम में नताशा ने जापानी नृत्य दिखाया, केटी व प्रवीण ने अफ्रीकी जनजाति के लोकगीत सुनाए और कुछ लड़कों ने जैज का मिनी संस्करण प्रस्तुत किया।

मैंने सचिव की हैसियत से आगामी कार्यक्रमों का प्रारूप बनाते हुए रिपोर्ट पढ़ी। इसके बाद पार्टी थी। कालेज-हाल में

मेजें जोड़कर एक लम्बा बुफेकाउण्टर बना लिया गया था।

वह शाम दिलचस्प चेहरों का जमघट थी। प्रिन्सिपल भी हमारे साथ स्वागतार्थ खड़े थे। मुख्य अतिथि द्वारा पहल करने पर पार्टी शुरू हुई।

हम लोगों ने हाल बड़ी मेहनत और सूझबूझ से सजाया था। रात-भर छह छात्राओं ने मिलकर कलश रंगे थे। सूखी पत्तियों व ताजे फूलों से हमने दीवारों पर आकृतियां बनाई थीं।

मेज पर बड़ी-बड़ी प्लेटों में सैंडविचेज, वेफर्ज, तले काजू, तली मछली और चीजलेट्स के ढेर थे। रंगबिरंगे कुल्हड़ों में कोक डाला गया, लेकिन युवा लोगों में से अभी किसी को मेज पर जाने की जल्दी नहीं थी। उन्होंने आपस में कुछ कानाफूसी की।

एक थाई लड़की व अरब लड़के ने आकर प्रिन्सिपल से नृत्य के लिए अनुमति मांगी। मुझे लगा कि प्रिन्सिपल अभी आपे से बाहर हो जाएंगे और उनकी त्योरियां स्वयं अस्वीकृति दे देंगी; पर उन्होंने हंसते-हंसते सहमति में गर्दन हिला दी, फिर क्या था! रेकार्ड-प्लेयर पर वे-वे धुने बजाई गई कि बैठे-बैठे हमारे पैर थिरक उठे।

कसे-ढीले लिबासों में शेक और शग व बग करते हुए जोड़े बहुत खूबसूरत लग रहे थे।

प्रिन्सिपल कुछ देर बैठे, फिर यह कहकर कि उन्हें एक जरूरी मीटिंग में पहुंचना है, चले गए। वह यह भी ताकीद कर गई कि पार्टी दस बजे तक हर हालत में खत्म हो जानी

चाहिए।

मैंने कुछ देर के लिए अपने को अजीब स्थिति में पाया। बेयरों के अलावा मैं ही थी, जो नृत्य नहीं कर रही थी। बाकी सब जल्दी-जल्दी पार्टनर बदलते, थिरकते मगन थे। सभी लड़के गहरे रंगों के सूट्स में थे। लड़कियां अपनी-अपनी राष्ट्रीय पोशाकों में गजब ढा रही थीं।

माहौल में जलवा और जोश था। सेंट की उत्तेजक गंध, रेशम की सरसराहट, युवा पसीने की दिलफरेब दमक, सब मिलाकर एक जादुई असर डाल रहे थे।

मैं अपने को सम्भालने की पूरी कोशिश कर रही थी, क्योंकि मुझे पता था कि यहां से जाकर मुझ पर फिर धुंधली उदासी छा जाएगी। यों मैं मूलतः मनहूस नहीं थी, फिर भी न जाने क्यों कभी-कभी लगता था कि मेरे व्यक्तित्व का आधा हिस्सा खुश और आधा उदास ही रहता है।

मैंने मुट्ठी में चार-पांव काजू दबाए हुए थे। जब एक काजू का स्वाद मुंह से बिलकुल खत्म हो जाता और जुबान फिर से फीकी हो जाती, मैं दूसरा काजू मुंह में डाल लेती।

तभी गहरे भूरे रंग के सूट में एक लम्बा-चौड़ा खूबसूरत लड़का मेरी तरफ आया और बोला, 'इफ यू डोंट माइंड...।'

मैंने बीच में ही कहा, 'माफ कीजिए, आइ डोंट डान्स!'

उसने मुझसे भी जल्द कहा, 'आइ डोंट वांट टू डान्स। मे आइ ज्वाइन यू!' उसने हाथ आगे बढ़ाया।

मैं बेहद अटपटा गई। दाएं हाथ में काजू थे। आधे उठे हाथों से मैंने जल्दी से नमस्ते कर दी। भूरे सूट वाला लड़का

मुसकरा दिया, 'आप पहली लड़की हैं, जिसके साथ मुझे नाचना नहीं पड़ा, शुक्र है। नहीं तो पिछले डेढ़ घंटे से जैसे ही मैं किसी लड़की से बात करने की कोशिश करता हूं, वह नाचना शुरू कर देती है।'

मैं हंसी।

वह बोला, 'एक अच्छी मेजबान की तरह क्या आप मुझे कुछ खाने के लिए नहीं कहेंगी।'

मैं झेंपती हुई उठी और उसे खाने को मेज तक ले आई।

हम लोग अपनी-अपनी प्लेटें लेकर वापस उसी जगह जब आए, एनैट वहां बैठी जोर-जोर से हांफ रही थी। भूरे सूट वाले लड़के ने धीरे से उससे कुछ कहा और वह मुसकरा दी।

मेरी ओर मुखातिब होकर वह बोला, 'आप फ्रेंच समझ लेती हैं?'

'मैं न फ्रेंच समझती हूं न कानाफूसी।' मैंने कहा।

'आप चाहें तो मैं आपको दोनों सिखा दूंगा।' वह शरारत से मुसकराया, 'फिर गम्भीर हो गया, 'दरअसल मेरे देश की भाषा फ्रेंच है।'

मैंने गौर से देखा, वह मुझे जरा भी फ्रांसीसी नहीं लगा, बल्कि उसका रंग गहरा भूरा था, उसके सूट की तरह। दोनों कुछ इस अन्दाज में घुलमिल रहे थे कि एक-दूसरे के लिए अनिवार्य और अविभाज्य लग रहे थे। मुझे यह लड़का शत-प्रतिशत भारतीय लग रहा था।

उसने कहा, 'मारिशस में रोजमर्रा का सब काम फ्रेंच में ही होता है। फ्रेंच अथवा भोजपुरी।'

'यह तो भेलपुरी से भी विचित्र मिक्सचर है।' मैं हंसी।

उसने पूछा मैं क्या कर रही हूं।

मैंने बताया।

'तब तो सबसे पहले आप नीत्शे के स्पैलिंग बताइए।'

'आप क्या करते हैं?'

'मैं बीमार को और ज्यादा बीमार व स्वस्थ को और अधिक स्वस्थ बनाने का कारोबार शुरू करने वाला हूं। मैं इस वर्ष हास्पिटल में हाउस-जाब कर रहा हूं। यहां अपनी दोस्त मेरिना के साथ आया हूं। इसके बाद मुझे वापस चले जाना है, घर।'

मैंने मारिशस द्वीप को एटलस में एक बिन्दु भर के रूप में जाना था। उसके बारे में कभी जिज्ञासा भी नहीं हुई। भूगोल में मेरी दिलचस्पी शून्य थी।

नाचने वाले जोड़े बिखर रहे थे। कई थककर बैठ गए थे। उनके माथे पीसने से व चेहरे उल्लास से चमक रहे थे।

मैंने सबसे अनुरोध किया कि वे कुछ खाएं। जल्द ही एक छोटी भीड़ खाने की मेज के पास जमा हो गई।

मैं चाहती थी कि भूरे सूट वाला लड़का अपना नाम-पता दे, ताकि बातचीत में सुविधा हो जाए; लेकिन वह मुझसे ऐसे बोल रहा था, जैसे हम वर्षों से परिचित हों।

जाते समय उसने मुझसे हाथ मिलाया और हम दोनों हंसे पड़े। उसने कहा, 'शायद आपसे फिर मिलने का मौका मिले!'

यशस्विनी अपने कालेज-ट्रुप के साथ गुजरात का भ्रमण कर लौटी तो मैंने उसे पार्टी के बारे में बताया। उसने गुजरात के दिलचस्प वकिये सुनाए। उसने बताया कि वहां उन सबने गरबा और टिप्पणी नृत्य देखा। वे अपने साथ भंगड़ा और गिद्दा की टीम लेकर गए थे। यह कार्यक्रम अखिल भारतीय लोक-संस्कृति प्रतियोगिता के अन्तर्गत गुजरात विश्वविद्यालय द्वारा आयोजित किया गया था।

यशा बोली, 'यार! गरबा तो बड़ा बोर होता है। हां, टिप्पणी नृत्य में डंडों की सम-आवाज जरूर रास का मजा देती है; पर उस रास में वह रंग कहां, जो अपने वृन्दावन में बांके-बिहारीजी के मन्दिर की रासलीला में होता है।'

'अपनी-अपनी खिचड़ी सभी को सौंधी लगती है।' मैंने कहा।

'लेकिन मैं तो पंजाब की खिचड़ी में शामिल थी।'

'सच तो यह है यशा! कि घर से दूर, दिमागी तौर पर अब न तो हमारा कोई प्रान्त बचा है, न धर्म। छात्रों की जाति भी अन्तर्राष्ट्रीय जाति होती है। हां, और सुना, तेरे आशिक की क्या खबर है? अभी तुझे लिखता है या कोई मेम-वेम ढूंढ़कर ठंडा हो गया है!'

'मत पूछ जया! हाल दिले-दीवाने का! लौटकर आई, तो तीन खत मिले उसके। देख, कितने डालर का तो डाक-टिकट लगाया है और यह ग्रीटिंग-कार्ड!'

एकदम लाल रंग का लम्बा-सा कार्ड था। उसके अन्दर एक नन्हीं-सी हरी रबड़ की बोतल चिपकी हुई थी। नीचे लिखा था, 'दिस माइट सर्व यू इन माइ एब्सेन्स' (मेरी गैरहाजिरी में शायद इससे तुम्हारा काम चल जाए)।'

गजब शरारत थी। शब्दों-ही-शब्दों में उसने यशा को सितार-सा झनझना डाला था। उसके चेहरे पर आरोह-अवरोह दोनों थे।

मोहम्मद ने यशा को अपना चित्र भी भेजा था। पारिवारिक चित्र था वह। टी० वी के इर्द-गिर्द सभी बैठे हुए थे। उसकी बहन फरीदा, मां और छोटे भाई-बहन। वाकई मोहम्मद चित्र में बेहद हसीन और जहीन लग रहा था। रंगीन फोटो में लाल टी-शर्ट उसके कसे बदन पर खूब फब रहा था।

वह तो बिलकुल स्पोर्टमैन लग रहा था। कौन कह सकता था कि यह लड़का इतने शायराना खत लिख सकता है।

यशा कहने लगी, 'इसकी आंखें देख, झील-समन्दर सब भूल जाएगी।'

मैंने फिर से देखा। वाकई मोहम्मद की आंखें एक ख्वाब थीं। इतनी कशिश, इतनी गहराई, इतना रंग-राग उन आंखों में था, सागर में सुराही का असर।

यशा बोली, 'जब से फोटो मिली है न, मैं सोई नहीं हूं। जाने कितने घंटे टकटकी लगाकर बैठी रही हूं। अब इसके सिवा मुझे कुछ दीख ही नहीं रहा। मुझे लग रहा है, मेरे जिस्म के हर मोड़ पर इसकी आंखें चिपक गई हैं, मुझसे जुड़ गई हैं। मुझे लग रहा है, यह लड़का मुझे आंखों-ही-आंखों में प्रेगनेंट कर देगा।'

कहकर यशा गुलाबी पड़ गई।

इस बार उसकी गुलाबी रंगत देख मैं पीली नहीं पड़ी। बात तो कुछ भी नहीं थी, फिर भी जाने क्यों, लग रहा था, आज मैं उसकी स्थिति बेहतर समझ रही थी।

जीवन वाकई बहुत सुन्दर था। जीने योग्य, हंसने, दौड़ने, खिलखिलाने योग्य। मुझे हर चीज में अर्थ नजर आने लगा था। चलते-चलते लगता था, मेरा मस्तक ऊंचा हो गया है या मेरा कद बढ़ रहा है या मैं किसी विराट ज्योति का एक प्रदीप्त खंड हूं। मुझे लगता, सुख मेरी अंगुलियों की पोरों तक आकर सन-सना रहा है। हर समय लगता कि कुछ शुभ व सुन्दर होने जा रहा है।

प्रेम-कहानी

विगत वर्षों की भांति इस वर्ष भी ब्रिटिश काउन्सिल ने पुस्तकों की प्रदर्शनी आयोजित की थी। ब्रिटिश काउन्सिल लायब्रेरी में ही प्रदर्शनी लगी थी।

पहले तो हमारी पूरी क्लास ने तय किया था कि साथ ही जाएंगे, लेकिन फिर एक-एककर दो चार छात्र देख आए और आकर उन्होंने घोषित कर दिया कि दर्शनशास्त्र पर किताबें कुछ खास नहीं हैं।

लिहाजा सबको जोश ठंडा पड़ गया; पर मैं फिर भी जाना चाहती थी। एक तो मुझे वह लायब्रेरी व उसका माहौल पसन्द था, दूसरे मैं यह मानती थी कि मतलब की किताबें खोज निकालना हरेक के बस की बात नहीं होती।

लेकिन इस अन्वेषण में यशा साथ जाने को राजी नहीं हुई। दरअसल आजकल उसे हर वक्त डाकिये का इन्तजार रहता। होस्टल की लड़कियां उसे चिढ़ाया करतीं, 'तू तो डाकिए से ही प्रेम कर बैठी है!'

किताबें यशस्विनी को कभी भी आकर्षित नहीं करती थीं। अपने पाठ्यक्रम के अतिरिक्त अन्य किताबों से उनका सरोकार नहीं था। वह पत्रिकाएं भी बस उलट-पलट कर छोड़ देती थी। उससे पूछना भी बेकार था।

युनिवर्सिट में प्रदर्शनी का पोस्टर देख मैं चली गई।

कुछ किताबें उपयोगी थीं। मैं डायरी में वे तारीखें नोट करने लगी, जब वे किताबें इशु होने के लिए रिलीज की जा रही थीं।

तभी पीछे से एक पहचानी आवाज ने कहा, 'एक्सक्यूज

मी···।'

मैं मुड़ी।

वही लड़का था। आज भूरे सूट की जगह ट्राउजर्स और बुशर्ट में।

एक बार फिर मिल जाने पर हम दोनों को खुशी हुई।

उसने कहा, 'यहां किताबें सेल पर भी होनी चाहिए थीं।'

'क्या आप लायब्रेरी के सदस्य नहीं हैं ?'

'हूं, पर एक-एक किताब के लिए हफ्तों भटकना मैं एन्जाय नहीं करता।'

तभी लायब्रेरी के एक सुपरवाइजर ने आकर धीमे से कहा, 'आप सभी लोगों के अध्ययन में बाधा डाल रहे हैं।'

मैं अटपटा गई।

उसने बुरा नहीं माना। अधिकारी को 'सारी' कहकर मुझसे बोला, 'इफ यू डोंट माइंड···और लायब्रेरी का दरवाजा खोलकर मेरे निकलने का इन्तजार करने लगा।

असमंजस-ही-असमंजस में मैं बाहर आ गई। उसने कहा, 'यह बोरियत और असन्तोष अब काफी के बिना हट नहीं पाएगा।'

मैं सोच ही रही थी कि वापस लायब्रेरी जाने की अनुमति मांग लूं या सहेली-संग होने का बहाना बना दूं कि वह सीढ़ियां भी उतरने लगा।

लायब्रेरी का दरबान मुझे कौतुक से देख रहा था।

जब हम स्कूटर से उतरकर क्वालिटी में घुस रहे थे, मुझे

वह संकोच हो रहा था कि हमें एक-दूसरे का नाम तक नहीं पता।

मेरे संकोच से बे-खबर वह बैठते ही मुझे मारिशस में रहने वाले भारतीयों के बारे में बताने लगा, 'वे बड़े मेहनती होते हैं। आज उनके पास फार्म हैं, शराबखाने हैं, होटल हैं, फैक्टरियां हैं, लेकिन एक वक्त था उनके पास कुछ भी नहीं था, अपने दो हाथों के सिवा।' कहते हुए उसने अपने चौड़े, मजबूत हाथ मेरे आगे फैला दिए।

मैं एकबारगी कांप उठी।

इतने नजदीक से दो युवा पुरुष-हाथ मैंने पहले कभी नहीं देखे थे। उसकी तुलना में मेरी बांहें बड़ी कृश और कोमल थीं। मैंने उन्हें साड़ी में अच्छी तरह लपेट लिया।

मैंने कहा, 'हाउस-जाब खत्म कर आप वहां जाकर प्रेक्टिस करेंगे या यहां?'

'मैं अपने देश जाकर प्रेक्टिस करूंगा। मेरी प्रतिभा से मेरे देशवासी फायदा उठाएंगे। यहां तो लाखों डाक्टर हैं। एक के चले जाने से कुछ नहीं बिगड़ेगा।

'इसी को तो ब्रेन-ड्रेन कहते हैं।' मैंने कहा।

'गलत, मैं तो पढ़ने के लिए सागर-पार से आया हूं। पढ़कर वापस सागर-पार चला जाऊंगा। मेरे लौट जाने से ब्रेन-ड्रेन कैसे होगा? हां, अगर तुम जैसी जहीन लड़की अपना देश छोड़ वहां बस जाए, तो 'ब्रेन-ड्रेन ' होगा, सिर्फ 'ब्रेन-ड्रन' क्यों 'चार्म-ड्रेन' भी!' वह मुसकराने लगा।

मैं कानों तक दहक उठी। यह उसने क्या कह दिया? यह

मेरी अठारह रुपये की साड़ी, उन्नीस साल की उम्र और बीस मिनट के परिचय की क्या इससे बड़ी कोई सराहना हो सकती है? लेकिन अब इस वक्त मैं इसका नाम कैसे पूछूं, इसका कमरा नम्बर और इसका पता!

चाय खत्म होते ही हम बाहर निकल आए।

उसने कहा, 'उसकी ड्यूटी आज बच्चों के वार्ड में है। समझो सारी रात पैरों पर रहना होगा।'

'क्यों?' मैं इस विषय में बिलकुल कोरी थी।

'बच्चों का हाल कोई नहीं बता सकता। अभी सामान्य होंगे, अभी क्रिटिकल हो जाएंगे, अभी एक्सपायर्ड!'

'वह कैसे?'

'बच्चों में सुधार और बिगाड़ दोनों ही एक्सफैक्टर्स हैं। ऊपर से उनके नासमझ मां-बाप मिसाल के तौर पर बच्चे को गेस्ट्रोइण्टराइट्स हो गया है, शरीर का पानी उलटी और दस्त से निकला जा रहा है; पर पानी नहीं पिलाएंगे। डिहाइड्रेशन हुआ नहीं कि बच्चा गया।'

'यह एक्स-फैक्टर कैसे हुआ? यह तो डिहाइड्रेशन हुआ।'

'पर कई बार डिहाइड्रशन नहीं होता, तब भी बच्चा मर जाता है।'

मैं बहुत डर गई। अभी तक इतनी मोहक बातें करने वाला यह आदमी अब कैसी क्रूर बातें कर रहा था। मैंने कहा, 'मेरे सामने अगर किसी की मौत हो तो मैं भी साथ ही मर जाऊं।'

वह एक समझदार आदमी की तरह हंसा, 'लड़कियां मरने

को लेकर बहुत भावुक होती हैं।'

'और लड़के?'

'लड़के, लड़कियों को लेकर भावुक होते हैं।' उसने कहा, फिर उसे जाने की जल्दी हो गई। उसने निहायत डाक्टरी अन्दाज में घड़ी देखी और दोनों के लिए दो स्कूटर रोके।

अपने स्कूटर पर बैठने से पहले उसने कहा, 'सी यू सैमेडी नैक्स्ट टु नेक्स्ट···।'

'क्या?' मैंने अचकचाकर पूछा।

'अगले-से-अगले सटर-डे, यहीं।'

उसका स्कूटर रवाना हो गया। मैं अनिश्चित-सी अपने स्कूटर पर बैठ गई। उसने समय नहीं बताया था।

आज था मंगलवार। कल के लिए मुझे ट्यूटोरियत लिखना था। इम्तहान भी शुरू होने वाले थे, तैयारी करनी थी। एक किताब जो रिजर्व सेक्शन से सिर्फ एक दिन के लिए मिली थी, पढ़कर नोट्स बनाने थे। घर चिट्ठी लिखनी थी, सारे कपड़े स्त्री करने थे और इस अनाम लड़के ने मुझे बहुत झनझना दिया था।

जब होस्टल पर स्कूटर रुका, तब झटका-सा लगा। आह्लाद की घड़ी कितनी तेजी से चलती है।

अहाते में कुछ लड़कियां शाम के वक्त भी किताबें हाथ में

लिए चहलकदमी करते हुए पढ़ रही थीं। 'बेवकूफ', मैंने मन ही-मन कंहा, 'इस तरह तो अब तक का पढ़ा-लिखा भी चौपट हो जाएगा।'

मेरा मन हो रहा था मैं जोर-जोर से किसी से कहूं, देखो मैं खुश हूं। मुझे आज एक बेहद अच्छे लड़के ने एक बेहद अच्छा काम्प्लीमेंट दिया है। इसके आगे नोबल पुरस्कार भी क्या चीज है ?

लेकिन यह सब किसी से कहना मुश्किल था। मैंने देखा, किसी को इस सबसे सरोकार नहीं था। अपनी खुशी में भी मैं उतनी ही अकेली थी, जितनी अपनी उदासी में हुआ करती थी।

बरामदे की दीवार पर लोहे की एक बड़ी-सी जाती थी। उसमें छात्राओं की डाक लगी रहती थी। मम्मी की चिट्ठी मैंने दूर से पहचान ली। मम्मी कभी-कभी ही लिखती थीं। अकसर पापा की संक्षिप्त; लेकिन नियमित चिट्ठी आती। फिर मैं बहुत-सा साहित्य बघारते हुए जवाब लिखती। कभी-कभी पापा उस पर कोई प्रौलिक टिप्पणी कर देते तो मजा आ जाता।

मम्मी का पत्र कुछ लम्बा था। इस बार केवल बीमारी, मौसम और नौकर ही नहीं, वरन कुछ और भी समाचार था। एक बार पढ़ा तो समझ ही नहीं आया। दूसरी बार पढ़ा। हां, मम्मी ने यही लिखा था, परीक्षा खत्म होते ही घर के लिए चल पड़ो। तुम्हारे भविष्य को लेकर कई बातें अब तय होनी हैं। तुम्हारे पापा तुमसे इतमीनान से बात करना चाहते हैं।'

पत्र पढ़कर मन में बड़ी गुदगुदी हुई। यकायक अपना भविष्य उढ़का हुआ द्वार लगने लगा, जिसे खोलना मेरे हाथ में था। अब तक किताब पढ़कर मैंने यही जाना था कि भविष्य समाज का होता है, देश का होता है। फिराक का शे'र इसलिए मेरा प्रिय था :

तकदीर तो कौमों की हुआ करती है,
एक शख्स की किस्मत में तकदीर कहां!

'हुआ करे,' इस समय मुझे लगा। निजी भविष्य कितना रहस्यमय, कितना मोहक बनता जा रहा था। अपने भाग्य, अपने भविष्य को लेकर असह्य जिज्ञासा होने लगी। मुझे लगा शायद पढ़ाई में मैं मन भी नहीं लगा पाऊंगी।

इस पत्र का उत्तर देना बड़ा मुश्किल काम था। कई बार जवाब मैंने लिखे और फाड़े। अन्त में मैंने ममी को ऐसे चिट्ठी लिखी, जैसे अभी उनकी यह चिट्ठी मुझे मिली ही न हो। मैंने लिखा, मुझे घर की बहुत याद आ रही है और पर्चे खत्म होते ही मैं चल पड़ूंगी।

हमेशा की तरह इस बार भी पर्चे बहुत अच्छे हुए। परीक्षा का परिणाम मन-ही-मन पता भी चल गया था; लेकिन जब मेरी सहेलियां पूछतीं, 'कैसे पर्चे हुए?'

मैं मुंह बना देती, 'बहुत खराब!' यह वाक्य मेरा नजर-बट्टू था।

एक यशा थी, जिसे मैं सब कुछ सच-सच बता देती थी।

उसके पर्चे मुझसे हफ्ते भर बाद खत्म होने वाले थे। उसे घर जाने की बहुत जल्दी भी न थी।

मैंने जब सुझाया कि मैं कुछ दिन ठहर जाती हू, इकट्ठे चलेंगे तो वह बोली, 'नहीं, यार! अभी मैंने घर लिखा ही नहीं है कि पर्चे कब खत्म होंगे। जब होस्टल बन्द होने लगेगा। तब जाऊंगी, घर में मनहूस दादी, दकियानूस मां के बीच गर्मी की जानलेवा छुट्टियां बिताना आसान है क्या?'

मैंने कहा, 'असल बात क्यों नहीं कहती? तेरे पैगम्बर के पैगाम मिलने बन्द जो हो जाएंगे!'

'सच, अभी तू बुद्धू है, जब किसी को दिल दे बैठेगी, तो जानेगी कि प्यार के आगे घर वाले भी नागवार हो जाते हैं! मेरा मन करता है किसी निर्जन टापू में बस जाऊं, उसके साथ, जहां न उसके घर वाले हों न मेरे। अगर दस दिन भी मोहम्मद का खत नहीं मिलता, तो मेरा मन करता है, सारे डाकघरों को आग लगा दूं।'

मेरी हालत तो और भी खस्ता थी। मेरे दिल की बस्ती न वीरान थी, न आबाद। मैं मंजिल से दूर न थी, न पास। कभी-कभी अपना सम्पूर्ण बड़ा अच्छा-अच्छा लगता था। कभी बे-वजह घबराहट होने लगती। मन हर बात से उचट जाता। लगता किसी का इन्तजार है, फिर लगता, नहीं इन्तजार नहीं। अरे, यह तो शुक्रवार है। हां, मुझे शनिवार का इन्तजार है!

शनिवार का दिन सरक रहा था। मैं सोच रही थी इसी शनिवार के लिए तो कहा था उसने। ग्यारह दिन पहले की बात कहीं भूल ही तो नहीं गया था वह? फिर समय तो तय नहीं हुआ था। क्या उसी समय मिलेगा।

मैं असमंज में थी, जाऊं या न जाऊं? यशा को मैं साथ ले जाती, अगर पक्का होता कि वह मिलेगा। मैंने सोचा मान लो वह न आया, तो यशा के सामने कितनी भद्द होगी मेरी।

दोपहर को दो बजे मैंने अपने बाल फिर से शैम्पू कर डाले। मेरी रूममेट आज छुट्टियों के लिए जा रही थी। उसके सामान की बांधाजूड़ी मुझे खलने लगी। बालों में गर्द उलझ सकती थी। मैंने कसकर तौलिया लपेट लिया सिर पर और अद्वैत वेदान्त पर एक पुस्तक पढ़ने की कोशिश करके लगी।

मनोरमा हंस पड़ी, 'इम्तहान खत्म होते ही इम्तहान की तैयारी! पागल हो जाओगी जया रानी!'

क्वालिटी के बाहर, गलियारे में पत्रिकाओं की बिक्री होती है। एक बार रेस्तरां के अन्दर चक्कर लगा आने के बाद मैं वहीं खड़ी होकर पत्रिकाएं पलटने लगी। मन-ही-मन मैंने तय किया, कि पांच बजकर दस मिनट तक प्रतीक्षा करूंगी, फिर वह नहीं आया, तो चल दूंगी।

वह नहीं आया या मैं नर्वसनेस में जल्दी चल दी, जो रहा

हो, मैंने अपने को जनपथ पर पाया। वहां पटरी पर एक ओर बहुत खूबसूरत झोले बिक रहे थे। टाट के टुकड़ों पर रेशम की थिगलियां थीं और उन्हें मूंज की रंगीन रस्सी से जोड़ा गया था।

मैंने मन-ही-मन चेहरे से पसीना पोंछा और कहा, 'मैं तो पटरी-शापिंग करने आई थी। ममी के लिए झोला ले लूं।'

रीगल से वापस बस लेनी थी। रीगल से कई बसें शुरू होती थीं। जगह-जगह क्यू की कतरनें बिखरी थीं। दफ्तर छूट चुके थे। थके-हारे चेहरे, बिखरे बाल, टिफिन के खाली डिब्बे लिए लोग एक ढीला-ढाला इन्तजार कर रहे थे।

मैं भी एक क्यू के छोर पर खड़ी हो गई। कितना अच्छा है कि दिल्ली में क्यू का कोई अर्थ नहीं होता, मैंने सोचा। क्यू तभी तक क्यू होता है, जब तक बस नहीं आती, फिर वह व्यूह बन जाता है। उसमें से कोई अभिमन्यु ही बस में चढ़ सकता है।

बस अभी आई न थी, लेकिन क्यू इंच इंच सरक रहा था। दरअसल कई लोग इन्तजार से थककर स्कूटर, फोरसीटर आदि में रवाना होने लगे थे।

तभी किसी भरपूर स्पर्श से मैं अचकचा गई। मुड़कर देखा, तो वही लड़का था, भूरे सूट वाला।

'तुम वापस जा रही हो?' उसने अविश्वास से पूछा।

'मैं इन्तजार कर चुकी थी।'

'आइम सारी! एक एमरजेंसी केस में ड्यूटी लगी थी। जल्द नहीं आ पाया; पर फिर भी पांच दस पर मैं आ गया था।'

मैं कुछ नहीं बोली। क्यू से हट आई।

क्वालिटी दफ्तरी लोगों से ठसाठस भरा था। वहां हम नहीं बैठे। हम कहीं नहीं बैठे। हम कनाट प्लेस के पिछवाड़े में घूमते रहे। उसने मुझे एमरजेंसी केस के बारे में बताना शुरू किया :

'सुबह ग्यारह बजे केस आया था। रोड-एक्सीडेंट हुआ था। रिंग रोड के मोड़ पर पेशेण्ट के स्कूटर की बस से टक्कर हो गई। ब्रेन में चोट आई है; लेकिन सांस दुरुस्त है। पेशेण्ट बेहोश है। उसे यह नहीं पता कि उसकी बीवी और बच्चा दोनों तत्काल दुर्घटना-स्थल पर ही मर गए।'

'आप आते ही मौत की बातें क्यों कर रहे हैं ?'

'मेरा विषय ही ऐसा है, जिंदगी और मौत दोनों अकेडमिक हो जाती हैं इस पेशे में।'

'आपका पेशेण्ट जी कर भी क्या करेगा अब ! जब उसका परिवार ही खत्म हो गया है।'

'परिवार खत्म होने से संसार खत्म नहीं होता ' ' तुम्हारा नाम मैंने पिछली बार नहीं पूछा। कहीं ऐसा न हो, इस बार भी बिना नाम बताए चल दो ?"

'जया।'

'शार्ट, सिम्पल एण्ड स्वीट ! मैं सोच रहा था कहीं तुम्हारा कोई भारी भरकम, फिलासफिकल नाम हुआ तो मेरी जुबान का क्या होगा !'

मैंने उससे कहा नहीं; पर मन ने चुपके से मुझसे कहा, 'नाम तो जुबान अपने आप छोटे-बड़े कर लेती है, है ना !'

वह कह रहा था, 'मेरा नाम गिनेस है। कैसा है?'

'इसका अर्थ क्या है?'

'नामों का भी अर्थ होना चाहिए?' वह हंसा, 'वास्तव में डैडी ने नाम रखा गणेश; पर फ्रेंच के असर से उच्चारण हो गया गिनेस और स्पेलिंग हो गई- जी० यू० आई० एन० ई० एस० एस०।'

मुझे गणेश नाम में कोई सौन्दर्य या सुरुचि नजर नहीं आई, बल्कि गोबर गणेश का ही ध्यान आया; किन्तु गिनेस एक अच्छा संशोधन लगा।

उसके पास ज्यादा समय नहीं था। वापस अस्पताल जाना था। हमने एक जगह खड़े-खड़े आइसक्रीम खाई। उसने मेरा होस्टल का फोन नम्बर लिया।

मैंने कहा, 'मैं जल्द घर जाने वाली हूं। जुलाई में लौटूंगी।' उसने तारीख पूछी।

मैंने कहा, 'अभी तय नहीं है। मेरी एक फ्रेंड के इम्तहान अभी चल रहे हैं। वह फुर्सत पा जाए, तो जाएंगे।'

'मुझे अपना शहर महीं दिखाओगी?' उसने मुसकराते हुए कहा।

मैं पेशोपेश में पड़ गई।

वह हंसा, 'मथुरा मेरा देखा हुआ है। इट्स ए स्लीपी टाउन।'

वह लगभग समूचा हिन्दुस्तान देख चुका था; लेकिन पसन्द उसे सिर्फ दो शहर आए थे, बम्बई और बंगलौर। उसने कहा, 'वे दोनों शहर ही मुझे मारिशस की याद कराते हैं।'

धीरे-धीरे सारा होस्टल ही खाली हो गया। सभी लड़कियां घर चली गईं। सुपरिन्टेण्डेण्ट ताज्जुब कर रही थी कि मैं घर क्यों नहीं गई।

मुझे भी बे-वजह टालमटोल करना अच्छा नहीं लग रहा था। मैंने यशा पर जोर दिया कि घर चलें; लेकिन वह बोली, 'तू जा, मैं हफ्ते-भर बाद आऊंगी। उसने तेरह को मुझे चिट्ठी डाली है, अठारह को मिलेगी। बस, तभी चल पड़ूंगी।'

'तेरी वार्डन गुस्सा न करेगी ?'

'इसकी तू चिन्ता न कर।'

मैंने अकेले ही जाने का फैसला कर लिया। यशा के चक्कर में दस-एक दिन यों ही निकल गए; लेकिन अब और रुकना नामुमकिन था।

थोड़ा-सा सामान ले जाना था। एक अटैची में आ गया। दोपहर को मैं मैस का बिल अदा करने सुपरिन्टेण्डेण्ट के पास

गई। पैसे देकर लौट ही रही थी कि फोन किरकिराया।

सुपरिन्टेण्डेण्ट ने बड़ी रुखाई से फोन में कुछ शब्द बुदबुदाए, मेरी तरफ गुस्से से देखा और बिना कुछ कहे; रिसीवर मुझे पकड़ा दिया।

'मैं हूं गिनेस!' आवाज आई, 'कैसी हो? अभी गई नहीं। मेरा अंदाजा ठीक था। आज शाम मिल सकोगी?···क्या कहा, आज ही जा रही हो···नहीं, मैं दो महीने नहीं रुक सकता। वह बात मुझे आज ही कहनी होगी, अभी। अगली गाड़ी से चली जाना या उससे अगली से। ठीक है, मैं इन्तजार करूंगा।··· नहीं, इस तरफ तो बड़ा शोर है।'

मैं नहीं चाहती थी कि गिनेस होस्टल आए और इस शक्की बुढ़िया को उपदेश देने का मौका मिले।

उसने कहा वही जा जाएगा, काफी-हाउस, बंगलो रोड।

जितनी अकस्मात फोन आया था, उतनी अकस्मात ही बंद हो गया। मैं अवाक् खड़ी रह गई।

सुपरिन्टेण्डेण्ट ने व्यंग्य से मेरी ओर देखते हुए मेरे हाथ से रिसीवर लेकर फोन पर पटक दिया। तब कहीं मेरी चेतन तंद्रा टूटी।

बे-वजह 'थैंक्यू मैडम' कहकर मैं भागती हुई अपने कमरे में आ गई।

मुझे अनायास अच्छा लग रहा था। जाने का सारा कार्य-क्रम हिल गया था। कार्यक्रम क्या, दिल तक हिल गया था। घर पहुंचने का इरादा और जोश, दोनों लड़खड़ा रहे थे। परसों ही मैंने घर चिट्ठी डाली थी कि मैं आज पहुंचूंगी; पर गिनेस से

मिले बिना रवाना होने की जरा भी मर्जी न थी।

मैं अभी से घर बताने के लिए एक मौलिक बहाना ढूंढ रही थी। इस वक्त दिमाग यह भी नहीं सोच रहा था कि वक्त पर स्टेशन पर मुझे न पा घरवालों को कैसी परेशानी होगी। जहां सूरज चमक रहा था, वहां सिंदूरी रंग से लिखा एक शब्द बार-बार कौंध रहा था, 'गिनेस'।

बंगलो रोड काफी-हाउस कोई बड़ा नहीं था; लेकिन हर वक्त भरा रहने के कारण बड़ा लगता था। हर काफी-हाउस की तरह यहां भी बे-हिसाब शोर और ताजा काफी की गंध फैली रहती थी। यहां का दोसा और फिश फ्राय मुझे पसंद थे; लेकिन इस वक्त मैं अपनी पसीजी हुई हथेलियों में एक सन्-सन् अहसास लिए सड़क की ओर टकटकी लगाए खड़ी थी।

जिधर मैं देख रही थी, ठीक उससे विपरीत दिशा से आकर एक बलिष्ठ हाथ ने मुझे भरपूर थाम लिया।

'आइ नो स्वीट हार्ट! तुम आओगी!'

मैंने सिर उठाकर उस लम्बे-चौड़े लड़के को देखा, जिसका नाम मुझे पता था, जिसे मेरा नाम पता था और जिसकी आवाज और छुअन ने मेरा सर्वांग कंपकपा डाला था।

वह इतना सुन्दर, इतना पौरुषमय, इतना बलिष्ठ लग रहा था, मानो किसी मैगजीन से काटी हुई तसवीर, यकायक

चलती हुई, बोलती हुई सामने आ जाए। सिमटने और लिपटने के दोहरे अहसास पर किसी तरह काबू पा मैं मुसकराई।

अंदर दो मामूली-सी मेज़ों और चन्द कुर्सियों को जोड़कर केबिन का रूप दिया गया था। बाहर एक मैला परदा लटका था, जिस पर पन्नी से गलत हिज्जों में लिखा था फैमिली केबिन।

गिनेस ने बैठते ही कहा, 'मैं जून में कुछ दिनों की छुट्टी लेकर अगले महीने मारिशस जा रहा हूं; लेकिन अकेला नहीं। तुम्हें मेरे साथ चलना है। हम दोनों के बीच कोई गम्भीर बात हुआ चाहती है। आइ वाण्ट टु मैरी यू।'

आश्चर्य, असमंजस और अस्थिरता की भी कोई भाषा होती ही होगी। मैं निःशब्द थी, मेरा रोम-रोम सशब्द था। कुछ पल के लिए मेरी आंखों के आगे से सब कुछ गायब हो गया, कमरा-दीवारें, कुर्सी-मेज, शोर, शरीर, केवल एक गूंज सरगम-सी कान में बजती रही, 'आइ वाण्ट टु मैरी यू˙˙˙आइ वाण्ट टु मैरी यू˙˙˙ आइ वाण्ट˙˙˙।'

गिनेस ने कहा, 'मैंने बहुत सोचा; बहुत सोचा है, यह महज आवेश नहीं है। इतनी जल्दी, कुल पैतीस दिनों में यहां यह सब निपटाया नहीं जा सकता। बेहतर हो तुम वहां मेरे साथ चलो। कुछ हफ्ते मेरे परिवार को निकट से देखो, हमारे रहने का ढंग, रीति-रिवाज, हमारे सम्पर्क, हमारी दुनिया—मेरा मतलब है जिंदगी का तापमान पहचान लो।'

विचित्र प्रस्ताव था यह। जहां एक पल पहले मैं आह्लाद से डगमगा गई थी, वहां इस क्षण कनपटी पर केवल एक शब्द पट-

पटाने लगा, 'कुछ हफ्ते।'

मैं होशोहवास में आ गई।

'तुम्हारा मतलब है तापमान रास न आने पर...।'

'हां, कोई मजबूरी नहीं। तुम वापस आने के लिए आजाद होगी या वहीं किसी और से, मुझसे अच्छे आदमी से नाता जोड़ने को स्वतन्त्र।'

'मैं तो तुम्हारी तरह इतने ठंडेपन से अपनी आजादी की बात नहीं कर सकती। रिश्ते, रिश्ते होते हैं, प्रयोगशाला के नमूने नहीं।'

'हां, लेकिन शादी, शादी होती है, फांसी नहीं। आज हम मन्दिर में जाकर बड़ी भावुकता से माला बदल लें और फिर उम्र-भर एक दूसरे को कोसें। क्या यह अच्छा होगा?'

'क्या यह अजीब नहीं कि तुम मुझसे शादी और तलाक का प्रस्ताव साथ-साथ कर रहे हो!'

'डोण्ट टैल मी कि तुम भी इस सबको लेकर उतनी ही स्टुपिड हो, जितनी एक औसत लड़की होती है। मैंने अपने जेहन में तुम्हारी एक लिबरेटेड तसवीर देखी है।'

मैं असहमति में चुप अन्दर-ही-अन्दर खलबला रही थी। मेरी संवेदना उसकी सारी बातचीत में आपत्ति के बिन्दु ढूंढ़ रही थी।

'मैं तो तुम्हें अभी तक जान ही नहीं पाई। तुम्हारा नाम अभी आठ दिन पहले मुझे पता चला। हम मुश्किल से कुल चार बार मिले होंगे। मैं नहीं जानती तुम कहां रहते हो, तुम्हारा स्वभाव, तुम्हारी आदते, तुम्हारा चरित्र...।'

'अब तुम बिलकुल अपनी अम्मा की तरह बोल रही हो या अम्मा-की-अम्मा। ये बातें हमें कहीं नहीं ले जाएंगी।'

'तुम क्या सोचते हो, मैं इत्ती-सी पहचान पर इतनी बड़ी रिस्क उठा लूंगी!'

'बिना रिस्क उठाए तो इंसान कुछ भी नहीं कर सकता। सांस भी नहीं ले सकता। कुछ रिश्ते लगातार रिस्क होते हैं।

'और कुछ लगातार सुरक्षा।' मैंने कहा।

'हां, एकदम मृत सुरक्षा। वे जड़ रिश्ते होते हैं, ताउम्र अठानवे डिग्री तापमान पर चलने वाले। मैं यह नहीं कह रहा कि तुम इसी वक्त अपनी दुनिया छोड़कर मेरे साथ चलो। आज घर जाओ, सोचो, समझो, अपने-आपको कन्विन्स करो, अपने माता-पिता को कन्विन्स करो, फिर मुझे लिखना, मैं आ जाऊंगा, टु टेक अवे माइ डाल!'

मेज पर पड़ी चाय एकदम ठंडी हो गई थी। उसकी हमें जरूरत भी नहीं थी।

हम वहां से युनिवर्सिटी आ गए, आम प्रेमियों की तरह हाथ-में-हाथ डाले नहीं, अपने-अपने तर्कों में उलझे। गिनेस कुछ-कुछ गम्भीर, कुछ-कुछ चिन्तित, कुछ-कुछ उद्वेलित लग रहा था। चुप और चिन्तित मैं भी थी; किन्तु आन्दोलन न जाने कहां पहुंचकर निस्पन्द होता जा रहा था। आज मुझे यह अजनबी और भी अजनबी लग रहा था।

उसकी ओर देखते हुए मैं सोच रही थी, यह एक छः फुट लम्बा तिलिस्म है।

मैंने हमेशा कल्पना की थी कि जिस दिन मुझसे कोई विवाह

का इशारा भी करेगा, दसों दिशाओं से फूल बरसने लगेंगे, उनचास पवन सुगन्धियां लुटा देंगे, सूरज-चांद हाथ-में-हाथ डाले मुझे आशीर्वाद देने आएंगे और मैं छुईमुई-सी लाज के मारे लरज-लरज जाऊंगी।

पर इस वक्त ऐसा कुछ भी नहीं हुआ था, जबकि एक लम्बा-चौड़ा, खूबसूरत, भूरा-सा लड़का मेरे पहलू में चल रहा था, जिसने कुछ मिनट पहले मुझे जीवन-साथी बनाने का खुला इरादा किया था।

गिनेस साथ चलते-चलते बीच-बीच में मुझे एकटक देखने लगता, 'तुम मेरे साथ नहीं चलोगी, तो मैं वापस मारिशस जाकर बाहरी तौर पर मसरूफ तो हो जाऊंगा, अन्दरूनी तौर पर तुम्हारी यह कच्ची कौमार्य भरी आवाज, तुम्हारा यह रजनीगंधा व्यक्तित्व, तुम्हारी लजीली हंसी की यह बारीक खनखनाहट कहीं मेरे दिल के बहुत करीब टकराती रहेगी, हिलोरती रहेगी, मेरी व्यस्तताओं का पीछा करती रहेगी।'

इतनी खूबसूरत और खतरनाक बातों के आगे मैं क्या कर सकती थी। गिनेस युनिवर्सिटी-गार्डन की रेलिंग से टिककर खड़ा हो गया, 'मेरे दिमाग में तुम्हारी एक मूवी चलती रहती है, अस्पताल जाते, केस देखते, नोट्स लेते, सोते-जागते, बैठते-उठते मैं अचेतन आंखों से तुम्हें देखा करता हूं। तुम हर समय मेरे आसपास रहती हो जैसे मौसम···।'

'लेकिन मौसम तो बदलते रहते हैं?'

'पर तुम नहीं बदलोगी, मुझे यकीन है।'

गिनेस ने मुझे स्टेशन पर विदा दी,'ईश्वर करे जिस रफ्तार से यह गाड़ी तुम्हें ले जा रही, उसी रफ्तार से वापस ले आए। मैं यहीं मिलूंगा-एज मच योर्स एज एवर।'

उसने दाहिने हाथ की मेरी अंगुलियों पर अपने होंठ रख दिए और कमर से थाम मुझे सरकती गाड़ी में चढ़ा दिया।

सभी कुछ अप्रत्याशित हो रहा था या मुझे ऐसा लग रहा, था। वह ईश्वर पर विश्वास करता है या नहीं, यही सोचती हुई मैं अपनी सीट पर जा बैठी।

थोड़ी देर बाद मुझे हंसी आ गई। यह मैं बूढ़ी पुजारिनों-सी ईश्वर चिन्तन में सिर खपा रही हूं! मेरी उम्र केवल उन्नीस है। मेरे पास एक खूबसूरत मंगेतर है। अंगुलियों पर उसका दिया हुआ चुम्बन है और मन उनकी बातों से लबालब है।

मुझे जल्द-से-जल्द घर पहुंचना है, जाकर ममी-पापा से खुलासा बात करनी है। अपने नये-पुराने सर्टिफिकेट्स सहेजने हैं। और फिर तो बस चला-चली है।

कैसे शुरू करूंगी? क्या कहूंगी और कहीं पापा ने उसके पापा का नाम पूछ लिया ता? मैं तो कुछ भी नहीं जानती उसके बारे में, सच कुछ भी नहीं। क्या यह कहूंगी एक दिन अकस्मात पार्टी में एक लड़का मिला था। वह मुझसे शादी करना चाहता है, टा-टा।

अंगुलियों की जो जगह उसने होंठों से छू दी थी, शरीर से अलग-अलग किस्म का स्पन्दन कर रही थी। उसका बाकी धड़-से तालमेल नहीं बैठ रहा था। यहां तक कि रेल की रफ्तार का दिल की रफ्तार से कोई तालमेल नहीं बैठ रहा था। गाड़ी आगे

जा रही थी, दिल पीछे।

घर पहुंचकर भी यही हाल रहा। पहले वाली चहक, न जाने कहां गायब हो गई। ममी-पापा को जोश भरी बातें कानों में दुरागत आवाजों-सी अस्पष्ट सुनाई दीं।

खाना खाने के बाद सब बैठ गए आराम से।

'यही मौका है।' मैंने सोचा, 'टाइम बम हमेशा टाइम से फोड़ा जाता है।'

मैंने कई वाक्य मन में बनाए, बिगाड़े। जब किसी तरह कोई भी वाक्य नहीं बन पाया, तब मैंने सीधे-सीधे कह दिया, पापा! गिनेस हमसे शादी करेगा।'

'कौन?' पापा एकदम अचकचा गए।

'मेरा परिचित एक अस्पताल में हाउस-जाब कर रहा है। अगले महीने छुट्टी लेकर मारिशस जा रहा है। मुझे भी जाना होगा।'

'ऐसे कैसे...?' ममी एकदम भड़क गई, 'दिल्ली जाकर यही सब चक्कर करती रही, बड़े पर निकल आए हैं। तभी मैं कहूं, आण्टी के यहां तकलीफ क्यों होती थी? मैं तो भेजना ही नहीं चाहती थी इसे...।' फिर वह पापा पर बरस पड़ीं, 'लो और बना लो होशियार इसे! सिर पर धर रखा है इसे, भुगतो अब।'

'जिसे हम जानते नहीं, बूझते नहीं, उसके साथ तुम्हें कैसे जाने देंगे? ऐसी बेवकूफी की बात तुम्हें सोचनी भी नहीं चाहिए।' पापा बोले।

'क्या-क्या सोच रखा था इसके लिए?' ममी लगातार पापा से सम्बोधित थीं, 'जो रिश्ता हमने देखा था, कितने बड़े मिल-मालिक का बेटा है वह और कितना सीधा। आण्टी-आण्टी कहते जुबान नहीं थकती उसकी। सोचा था राज करेगी, पर इसके भाग में रोना ही लिखा है। हमें क्या पता था, यह हमारी ही छाती पर पांव धरकर निकल जाएगी!'

'मेरी अर्जी के बिना सम्बन्ध आप कैसे तय कर सकती हैं?' मैंने विरोध किया।

'चुप रह बदतमीज! तेरी-मेरी मर्जी अलग-अलग होने लगी अब।'

पापा ने आगे बहस नहीं की। कुछ पूछा भी नहीं। चुप-चाप कमरे से वाकआउट कर गए।

मैं भी अपने कमरे में सोने चली गई। नींद न जाने कब आई। उससे पहले बहुत-कुछ आया, गुस्सा, रोना, और उदासी।

अपनी बात, अपनों को समझाना कितना मुश्किल होता है! वे लड़ते हैं या रोते हैं, तर्क नहीं करते। मेरे पास क्या तर्क था, यह मैंने नहीं सोचा; पर प्यार का तर्कहीने तर्क तो था ही।

यह एक मुख्तसर-सी बात उन्हें कैसे समझाऊं, यही सोचती न जाने कब मैं सो गई।

सुबह दिन चढ़े जब मैं उठी, तब देखा एक प्याला चाय सिरहाने पड़ी है, ठण्डी। मैं प्याला उठा रसोई में गई कि गर्म कर लूं।

मुझे देखते ही ममी की मुद्रा तन गई। उन्होंने बर्तन पटकते हुए चाय गर्म कर दी।

मेरी समझ में नहीं आया मुझे दिन का पहला वार्तालाप कैसे शुरू करना चाहिए।

पापा का सामना करने में और भी अधिक दिक्कत थी। एक ही रात में मैंने अपने स्नेही माता-पिता को दस-दस साल बूढ़ा कर दिया था। वे इतने अकेले, मेरे जाने पर भी नहीं हुए थे, जितने मेरे आने पर हो गए।

मुझे बहुत बुरा लग रहा था। यह मेरे ही हाथों होना था। अपने घर की अलमस्त तिकड़ी सबसे ज्यादा मुझे पसन्द थी और मैंने ही उसे तोड़ दिया।

हफ्ते भर बाद यशा भी घर आ गई। पता चला तो मैंने कहा, 'ममी ! हम जाएं, मिल आएं।'

ममी ने आंखें तरेर दीं, 'बहुत मिलना-जुलना हो चुका। बैठो चुपचाप घर में।'

मुझे बहुत बुरा लगा। ममी का व्यवहार लगातार मुझे आहत व अपमानित कर रहा था। उन्होंने अपने को एक ऊंचे

आसन पर न्यायाधीश की तरह स्थापित कर लिया था और यह मानकर चल रही थी कि मैं जरूर कोई कुकृत्य कर बैठी हूं और उन्हें मुझे सही रास्ते पर लाना है।

इससे पहले उन्होंने मुझ पर कभी शक नहीं किया था। इससे पहले ऐसी नौबत भी नहीं आई थी, फिर भी इसकी बनिस्बत कि वह पूछें गिनेस कौन है, कैसा है, क्या करता है, वह मुझे उन दुखी लड़कियों की दास्तान परोक्ष रूप से सुनाती रहतीं जिन्होंने धोखे में लम्पटों से शादी कर ली और बाद में जीवन भर रोती रहीं।

घर में पैदा हुए तनाव से विचित्र स्थिति यह हो गई कि मैं जो अब तक गिनेस के प्रस्ताव को लेकर काफी अनिश्चित, अनाश्वस्त और संशयालु हो रही थी, अब निश्चय, आश्वस्ति और अनुकूलता की ओर बढ़ने लगी।

मुझे लगा यह कितनी बड़ी बात थी कि एक अजनबी मुझ-जैसी अगड़म-बगड़म लड़की में सौन्दर्य देख सका और मुझे जीवन-साथी बनाने पर आमादा हो गया। जितना ममी मुझे दुतकारती उतना मेरी जिद मुझे ललकारती।

पापा ने बात करना ही निलम्बित कर रखा था। वह अपने दफ्तर में और भी जोरों से व्यस्त हो गए थे। आजकल घर उनके लिए एक चुनौती था और दफ्तर शरणस्थल।

मेरे एक वाक्य ने मेरा निर्वासन कर दिया था। बिना अपराध के मैं अपराधी थी। लौटकर पापा गिने-चुने वाक्य बोलते, वह भी ममी से, मानो मैं वापस होस्टल चली गई होऊं। उन्होंने पहली बार ममी को वरिष्ठता का अधिकार भी दे दिया

था। उनकी मंगिमा देखकर लगता, जैसे इस सबमें सबसे बड़ा दोष उन्हीं का है।

ममी ने फैसला सुना दिया; अब आगे पढ़ाई करने की जरूरत नहीं है, न ही दिल्ली जाने की।

वह यही मानती रहीं कि सख्ती से मैं ठीक हो जाऊंगी। जब यशा मुझसे मिलने आई, तब भी वह चौकीदार की तरह हमारे बीच बैठी रहीं। वह मेरा इलाज ऐसे कर रही थीं जैसे मलेरिया या फ्लू का इलाज किया जाता है।

उन्हें पता ही नहीं चला कब इस सारी चौकसी के बीच मैं घर से सरक गई और दिल्ली पहुंच गिनेस के सामने कुछ इस अन्दाज में हांफते हुए खड़ी हो गई, मानो मैंने अभी-अभी ब्रिटिश चैनल क्रास की है। वह मुझे यों देखकर हक्का-बक्का हो गया। कुछ देर बाद उसने केवल तीन शब्दों का एक छोटा-सा वाक्य कहा, 'मैं जीत गया।'

इसमें शक नहीं कि गिनेस के प्रति मेरे मन में जो-जो शंकाएं थीं घर-परिवार के रवैये ने विद्रोह के स्तर पर हटा दीं। अगर घरवाले मुझे विश्वास और आत्मीयता देते, मैं कुछ तटस्थ होकर विचार कर सकती थी। यों भी मैं तैश में काम करनेवाली लड़की नहीं थी।

मैं सारे रास्ते यही सोचती गई थी कि सब तरह से इस

संभावना पर विचार करूंगी, उन्हीं के सामने खुल्लमखुल्ला; किन्तु उनका आक्रामक और आतंकवादी रवैया मुझे उनसे इतनी दूर ले गया, जहां अपने अजनबी, और अजनबी अपने हो जाते है।

जैसे गेंद गच्चा खाकर बहुत ऊपर उछलती है, कुछ ऐसे प्यार एक बुखार-सा, मेरे तन-मन को तान गया। इतने बड़े शहर में अब मुझे न सड़कें दिखतीं, न इमारतें, न लोग, न दुकानें केवल अपने सपनों का सिंहाद्वार नजर आता, बल्कि गिनेस से घुल-मिलकर मैं अपने आपको बाकायदा डाक्टरनी मानने लगी थी। होस्टल में कोई बीमार होता, तो मै चट सलाह देने पहुंच जाती।

मुझे लगता गिनेस के साथ मेरा बाकी जीवन एक महान उद्देश्य को समर्पित होगा।

गिनेस ने मेरी सब जिद मान ली। यहां तक कि यह भी कि हम पहले शादी करें, बाद में मारिशस जाएं। मैरिज-रजिस्ट्रार के दफ्तर से जब हमें तमाम तामझाम और विलम्ब के बाद विवाह-प्रमाण-पत्र हासिल हुआ, तब वहीं कागज मुझे थमा गिनेस ने बांहों में भर लिया, 'लो तुम इसके लिए आतुर थीं और मैं तुम्हारे लिए।'

बात की बात में दिल्ली मारिशस बन गई और मारिशस

दिल्ली। होस्टल छोड़ में अस्पताल के अहाते में आ गई, जहां गिनेस को एक कमरे का छोटा-सा क्वार्टर मिला हुआ था।

सिर्फ होस्टल छोड़ा, पढ़ाई नहीं।

गिनेस कहता, 'सच जया! अपनी पढ़ाई के दौरान मैंने यही सोचा था कि डॉक्टर और योगी में कोई फर्क नहीं रहता। शरीर के सारे भेद जानने के बाद कोई तभी उत्तेजित हो सकता है, जब उसकी जिन्दगी में तुम-जैसा करिश्मा आ जाए।'

मैं ईश्वर को नहीं मानती थी; लेकिन ऐसे लमहों में मैने ईश्वर को मानने लगती और मनाती कि हमारी यह तन्मयता कभी न टूटे। गिनेस के प्यार ने मेरा संसार बदल डाला था।

आखिर छुट्टियों में घर जाने की घड़ी आ पहुंची। मेरा मन डर और संशय से कच्चा-कच्चा हो रहा था। गिनेस के घरवाले मुझे पसन्द करेंगे, वहां जाकर वह बदल तो न जाएगा, मैंने क्या यह सब ठीक किया है?

लेकिन सामान बंध चुका था, टिकटें आ गई थीं, आरक्षण मिल चुका था और मैं अपनी सब दुविधाएं, असमंजस और शंकाएं मन के एक कोने में पैक कर गिनेस के साथ दिल्ली से बम्बई फ्लाइट पकड़ने जा रही थी।

पिनेस में कहा, 'तुम खामख्वाह डर रही हो। तुम एक ऐसा पौधा हो, जिसे कहीं भी लगाया जा सकता है।'

'मैं पौधा नहीं, इन्सान हूं।'

'वे भी इंसान ही हैं, जिनके पास तुम जा रही हो। जानती हो चलते वक्त हर छुट्टी के बाद जब मैं ममा से पूछता 'ममा भारतवर्ष से तुम्हारे लिए क्या लाऊं?' वह कहती थीं, 'बस, एक अच्छी-सी दुलहन ला दे। उन्हें मारिशस की आधुनिक लड़कियां अच्छी लगती हैं; पर बहू बनाने लायक नहीं। दरअसल हमारा परिवार अभी भी बहुत ज्यादा हिन्दुस्तानी है। वर्षों वहां रहकर भी, लिबास के सिवा हमारा कुछ भी नहीं बदला है। वहां देखना, मेरी बहनें तुम्हें एयरपोर्ट पर ही पटा लेंगी। मेरी मां तुम्हें प्यार और प्रेजेण्ट्स से ढांप देंगी।'

मुझे विश्वास होते हुए भी आश्वस्ति नहीं हो रही थी। उद्विग्नता में नाश्ता नहीं भाया।

एयरहोस्टेस ने मेरे चेहरे का रस देखकर कहा, 'इन द फैमिली वे, आर यू?'

'हैविन्स नो, गाड फारबिड।' मैंने कहा।

'ह्वाइ ब्रिंग इन गाड, वी फारबिड।' गिनेस हंसा।

वह बहुत खुश था। वह चाहता था मैं भी खुश लगूं।

घबराहट मेरी खुशी पर हावी थी।

गिनेस मुझसे मुखातिब हुआ, 'तुम तो ऐसे डर रही हो, जैसे तुम्हारा इम्तहान होना है।'

'इम्तहानों से तो मैं कभी नहीं डरी; लेकिन बार-बार

कानों में तुम्हारे उस दिन के शब्द गूंज जाते हैं, जब तुमने कह था मैं कुछ दिन के लिए तुम्हारे साथ चलकर तुम्हारे परिवार का रहन-सहन, तुम्हारी जिन्दगी का तापमान पहचान लूं।'

'मेरा तापमान तुम अब भी नहीं पहचानतीं!' गिनेस ने शरारत से मुसकराकर मेरा तापमान बढ़ा दिया।

पांच घण्टे बीतते न बीतते हवाईजहाज कुछ नीचे को झुक कर उड़ने लगा।

गिनेस ने कहा, 'वह देखो मेरा देश।'

मैंने खिड़की से देखा। नीचे बादल ही बादल थे। धुन्ध-सी नजर आ रही थी। कहीं-कहीं धुन्ध फटी हुई थी, वहां नीला सागर झलक मार रहा था।

तभी जहाज फिर मुड़ गया। नीचे की खुली झलक मिली; लेकिन एकाएक कुछ समझ न आया। एक बार लगा मानो नीले पानी के बीचोंबीच एक हरा धब्बा है, नहीं हरी छतरी, फिर लगा जैसे नीली रेत पर रंग-बिरंगा पहाड़ पड़ा है। कुछ-कुछ फिल्मी दृश्य था।

तभी उद्घोषक की सूचनात्मक आवाज आई, 'कुछ ही मिनटों में हम प्लेजांस हवाई अड्डे पर उतरने वाले हैं।'

मैंने भरसक अपने को सम्भाला; पर कांपते हाथों से पेटी

नहीं बंधी।

गिनेस वे मेरी बेल्ट बांधी और उत्सुकता से पास सरकता हवाई अड्डा देखने लगा।

मैं अभी उतर ही रही थी कि गिनेस लपककर सीढ़ियां उतर गया।

उसका पूरा परिवार आया था। सबके हाथों में फूल थे।

गिनेस को संक्षिप्त-सी गले लगाकर सब मेरे स्वागत में बढ़ आए।

एक-से-एक सुन्दर उसकी बहनों ने मुझे फूलों से ढंक दिया। मां ने मुझे चूमा और पिता ने आशीर्वाद दिया।

मैं चवित थी। यह विदेश था या स्वदेश, समझ नहीं पा रही थी। मेरे आसपास सब चेहरे नितान्त भारतीय थे।

कार में बैठने से पहले हमें बाकायदा लड्डू खिलाया गया। रास्ते भर दोनों बहनें गाती आईं।

जिस बाजार से हम गुजर रहे थे, वह बम्बई की याद दिला रहा था, दिल्ली की नही। वही कारों की लम्बी कतार, लाल, हरी बत्तियां, व्यस्तता और भाग-दौड़।

बाकोआ में गिनेस के पिता का छोटा-सा बंगला था हरियाली से घिरो। अन्दर-बाहर से इतना सुथरा कि लगता था, अभी बनकर तैयार हुआ है।

घर पहुंचकर एक बार फिर चरण-स्पर्श की रस्म हुई। सबका हिन्दी-उच्चारण इतना साफ व स्वाभाविक था कि मुझे हैरानी हो रही थी। कहां तो कितने ही हिन्दुस्तानी हफ्ते भर विदेश में रहकर ही अपना उच्चारण फैशन के तौर पर तबाह कर डालते थे। कहां पीढ़ियों से यह परिवार यहां रचा-बसा, भिन्न-भिन्न संस्कृतियों से सरोकार रखते हुए भी कितना मौलिक था।

मां अन्दर से लाल रंग की एक जामदानी साड़ी निकालकर लाई, 'यह तीन पुश्तों की अमानत तुम्हें देती हूँ जया! बड़ी अम्मा आज होतीं, तो ऐसे तुम्हें घर में थोड़े ही आने देतीं। बाकायदा अग्नि के सामने विवाह की रस्म होती···।'

'अनिता! चलो भाभी को बढ़िया चाय तो पिलाओ।' गिनेस के पिता बोले।

उस घर में चखी चाय का स्वाद अब तक पी गई समस्त चाय से नितान्त भिन्न, सुगन्धित और ताजा था। पता चला यह हमारे ही चाय-बागान की चाय है।

गिनेस ने पिछवाड़े की बालकनी से दिखाया। मीलों-मील फैले चाय-बागान और गन्ने के खेत दिखाए, दाएं-बाएं। बाकोआ पेड़ भी दिखे; पर उनसे अधिक थे नारियल व ताड़ —लम्बे, ठिगने, चौड़े, सतर, झुके हुए, फैले हुए—किस्म-किस्म के नारियल और ताड़।

अगले दिन सब बड़ी झील गए। वहां खासी भीड़ थी। माथे पर तिलक लगाए भक्त आचमन कर रहे थे, दण्डवत कर रहे थे, परिक्रमा लगा रहे थे, हनुमानजी के मन्दिर में प्रसाद

चढ़ा रहे थे।

मैं बिलकुल भूल गई कि मैं अपने देश में नहीं हूं। यह मेरी जमीन थी, मेरी मिट्टी। यह तो बिलकुल मथुरा के शिवताल वाला दृश्य था। बस उससे ज्यादा स्वच्छ व कोलाहलपूर्ण। कुछ कुछ बिड़ला-मन्दिर की याद आ रही थी, क्योंकि हर तरफ पक्की जमीन थी। शिवजी का मन्दिर भी वहीं था।

पता चला सबसे ज्यादा महात्म्य यहां शिव का ही है। स्त्रियां बाकायदा सिर पर आंचल ढंके शिवलिंग पर जल, पुष्प-पत्र चढ़ा रही थीं। हमने भी वहां जाकर माथा टेका, पुजारी-जी से आशीर्वाद पाया। मन्दिर में हमने साथ-साथ घण्टा बजाया तो मैं अन्दर तक हिल उठी। मुझे लगा हम एक विराट शुभ-चिन्ह बन गए है। यह धूप-गन्ध दिशाओं से नहीं, हमारे अन्तर्मन से ही उठी हैं।

हमारे पास बहुत कम वक्त था। गिनेस के पास केवल दो हफ्ते की छुट्टी थी। वापस पहुंच उसे एम० डी० ज्वाइन करना था। इसलिए बुधवार को चाय-बागान की सैर का प्रोग्राम बना।

समुद्र तट से करीब-करीब पन्द्रह सौ फुट ऊंचा चाय का हरा बिस्तर 'पितों व मिलिए' पर फैला था। बम्बई के कमला नेहरू पार्क जैसा सुरम्य; लेकिन उससे ऊंचा यह शिखर चारों

तरफ फूलों से लदा खड़ा था।

दिल्ली के धूल-धक्कड़ में प्रकृति का सौन्दर्य मैं तो भूल ही चली थी। दिल्ली विकास प्राधिकरण ने शहर में जहां-तहां प्राकृतिक सौन्दर्य देने की चेष्टा भी की थी। वह इतनी कृत्रिम और दिखाऊ थी कि उससे कोई सौन्दर्य-बोध नहीं होता था। महज समृद्धि-बोध होता था। यहां खड़े होकर लगा, प्रकृति वाकई दृश्य नहीं, संवेदना है।

वापसी में जिस रास्ते से हम लौटे वह गन्ने की फसलों से पटा पड़ा था। दूर से देखने पर लगता, गन्ने की लम्बी पत्तियां अभी खिड़की की राह कार में घुस जाएगी; पर पास जाने पर सड़क उतनी ही चौड़ी मिलती, जितनी कि पीछे थी।

'क्या हम गन्ने भी बोते हैं?' मैंने गिनेस की बहन अनिता से पूछा।

नहीं, नैवर,... वह कुछ उदास हो गई।

'क्यों?' मैंने पूछा।

'मैं बताता हूं।' गिनेस के पिता ने झटके से गियर बदल कर कार पीछे की और एक साइड-वाक पर चल पड़े।

कुछ देर बाद उन्होंने एक चबूतरे के पास कार रोकी।

सभी उतरे। सबने जूते उतार, घुटने ठेक, उस चबूतरे के प्रति प्रणाम किया। मैंने भी ऐसा करते समय चबूतरे पर खुदे

शब्द पढ़ लिए। उसपर लिखा था 'स्वाधीनता-संग्राम में अपने प्राणों की आहुति देनेवाले महान मजदूर बिशेशर सिन्हा की स्मृति में मारिशसवासियों की श्रद्धांजलि।

यह गिनेस के दादा का समाधि-स्थल था।

पिताजी नें कहा, 'जया आज पहली बार यहां आई है। इसे बताना होगा हमारे पूर्वजों ने किस कीमत पर हमें आजादी दिलाई।'

'बेटे! यह वह जगह है, जहां तुम्हारे बाबा गन्ने के खेतों में रात-दिन खून पसीना बहा कर अपने मालिकों के लिए पैसा पैदा करते थे। सात सौ मजदूरों के साथ वह भी पटना से आकर यहां फंस गए थे, बल्कि फंसाए गए थे। उन्हें भी गोरों के दलालों ने सब्जबाग दिखाए थे खुशहाली के, पैसे के, तरक्की के। उन्होंने सोचा था वह अपनी मेहनत के बूते पर यहां स्वर्ग बसा लेगे।

मेहनत और खुदा के अलावा तीसरी चीज का उन्हें इल्म न था। बीस के आगे गिनना भी ठीक से न जानते थे। अलबत्ता पढ लेते थे, अक्षर जोड-जोड़कर। एक बीसी रुपया देकर उन्हे बंधुआ मजदूर बना दिया गया। बड़ी अम्मा मुझे नन्हा-सा गोद में लेकर यहां आई थीं। उन्हें तो और भी कम, महज बारह रुपये में बंधुआ रखा था।

'सभी मजदूर दिन-रात मेहनत करते, फिर भी मालिक खुश न होते। रोज डांट-फटकार चलती, बल्कि होता यह कि किसी और मजर को भी अगर बेवजह डांट-फटकार, मार पड़ती तो बाबा बांखला जाते। वह आवाज उठाते तो उनको भी मार

पड़ती। बड़ी अम्मा उन्हें चुप रहने की सलाह देतीं तो उन्हींपर बरस पड़ते, यह जोर-जबरदस्ती- तुम चाहती हो, मैं चुपचाप देखता रहूं।' मालिक इसलिए उनसे बहुत चिढ़ते थे।

'बाबा शाम के समय बैठका में जाते थे। पहले पहल बैठका में कुछ मजूर किसान मिलकर केवल भजन-कीर्तन किया करते ये, फिर बाबा के जाने से वहां सुख-दुख की चर्चा भी शुरू हो गई। बाबा मजूरों को समझाते, 'भैया मेरी मानो तो मिल-जुलकर रात स्कूल शुरू करें। हम सब पढ़े-लिखे होते तो कौन हाथ उठा सकता था हम पर।'

देवकीलाल का जवान बेटा अंग्रेजी जानता था। उसीके सहारे बाबा रात स्कूल की बात किया करते थे। अंग्रेजी न आने के कारण हिन्दुस्तानी मजदूर यह तक नहीं पढ़ पाते कि उनके परमिट पर क्या लिखा है, वे किन शर्तों पर रखे गए हैं और कब तक उन्हें काम करना है, मजदूरी की दर वगैरह-वगैरह।

पर दिन भर दमतोड़ परिश्रम के बाद मजूरों में जोश पैदा करना मुश्किल हो जाता। कुछेक मजूर दो-एक दिन शाला में आते, फिर घर बैठ जाते। ज्यादातर में हिम्मत की कमी थी। उन्हें डर लगता कि उन्हें काम से निकाल दिया जाएगा। आपस में मजूर चुगली भी बहुत किया करते। मालिकों की छोटी-छोटी मेहरबानियां पाने के लिए एक-दूसरे से लड़ मरते।

बाबा ने उन्हें कई बार समझाया, मिल-जुलकर रहो, फिर किस गोरे की हिम्मत कि तुम पर हाथ उठाए; पर कुछ चुगल-खोर वह बात भी मालिकों तक पहुंचा देते।

धीरे-धीरे बाबा के खिलाफ मालिकों के मन में एक मोर्चा

तैयार हो रहा था। उन्होंने उन्हें मजदूरी के लिए रखा था न कि नेतागीरी के। उन्हें जान,बूझकर लोगों के सामने जलील किया जाता।

मित्र-मण्डली के जोर डालने पर बाबा एक बार चुनाव में भी खड़े हुए। उनके समर्थकों को पूरी उम्मीद थी कि बाबा जीत जाएंगे। बहुमत उनके साथ था; पर उस जमाने में चुनाव का नतीजा बहुमत से नहीं अल्पमत से निर्धारित होता था। अन्तः बाबा हार गए।

'फिर भी उनका मन नहीं हारा। सन् १९३६ में जब लेबर पार्टी का गठन हुआ, तब बाबा दुगने जोश से मजूरों को संगठित करने लगे। उन्होंने जगह-जगह टोलियां बनाकर भाषण दिए।'

'इन्हीं सरगर्मियों के बीच शिवरात्रि आ पहुंची। बाबा शिव के अनन्य भक्त थे। उन्होंने उपवास रखा था। कायदे से उस दिन छुट्टी रहनी चाहिए थी; लेकिन मालिक ने ऐन वक्त पर मजूरों की छुट्टी रद्द कर दी।

बाबा ने सबेरे-सबेरे स्नान कर धुली हुई झकाझक सफेद कमीज पहन ली। माथे पर तिलक लगाए, वह काम पर पहुंचे ही थे कि मालिक ने कड़क कर कहा, 'बिशेशर तुम आज फिर देर से आए!'

'कहां मालिक रोज यही टेम आते हैं हम।'

'टेम के बच्चे! तुम क्या दावत में आए हो? ऊंचा लोग माफिक कपड़े पहनकर मजूरी करता कि हजूरी करता।'

'सरकार! आज साल भर का त्योहार रहा हमारा।'

बाबा ने कहा।

'मालिक भड़क गए, एक न सुनी। उठा हण्टर मारना शुरू कर दिया। सारे मजदूर सांस खींच, परे हो गए। मालिक उन्हें मारता गया, मारता गया। मार उनकी पसलियों पर असर कर गई। चीनी से निकली चिपचिपी गन्दगी उनके कपड़ों पर छिड़क उन्हें मिल के बाहर खेतों में घसीटा गया। इस जगह वह खांसते खांसते ढेर हो गए, लेकिन उस हिन्दुस्तानी शेर ने माफी नहीं मांगी।

'यह स्मारक, अभी कुछ ही साल पहले मजदूरों ने चंदा करके बनवाया यहां पर। आज भी उनकी बरसी पर यहां मेला लगता है।'

नीला अंधेरा आसमान से उतर आया था। चारों ओर स्त-ब्धता थी। मन बहुत भारी हो आया। इतना शोषण, इन्सान इन्सान पर करता है और सभ्य होने का दावा करता है। रास्ते भर कोई नहीं बोला।

मेरे पूछने पर मां मे घर में बताया, 'बड़ी अम्मा को जब पता चला, वह दौड़ी-दौड़ी आईं। उनकी ड्यूटी बाबा से अलग, दूर एक और चीनी मिल में थी; पर उनके पहुंचने तक बाबा के प्राण उड़ चुके थे। अम्मा बदहवास हो गईं। वह भी मर जातीं; लेकिन बच्चे का मुंह देखकर जब्त कर गईं। दिन-दिन मजदूरी और रात-रात चिन्ता कर इन्हें बड़ा किया।

'दुकान से चोरी-चोरी किताबें खरीद कर लातीं। शिक्षित लोगों के हाथ-पैर जोड़कर इन्हें पढ़वातीं। मालिक पोथी-पुस्तक देखते ही उठाकर फेंक देते। कहते थे, 'किताबों ने कामगरों का

दिमाग खराब कर दिया है।' इन्होंने कई बार अपनी आंखों अम्मा को पिटते देखा। किसी तरह पेट काटकर अम्मा ने थोड़ी-सी पूंजी इकट्ठी की। उससे इन्होंने किराए पर एक वैगन ली। उसमें गन्ने ढोने का काम शुरू किया।

'फिर देश के हालात भी सुधरने लगे। अब मजदूरों पर उतना जोर-जुलम नहीं रहा। इनकी और अम्मा की मेहनत रंग लाई और इन्होंने थोड़ी-सी जमीन खरीद ली। इन्होंने कसम खाई थी कुछ भी कर लूंगा, गुलामी नहीं करूंगा। अपनी सूझबूझ से पढ़े, बढ़े और अपने पैरों पर खड़े हो गए।'

यह सब सुन मैं दंग रह गई। गिनेश के आरामदेह घर को देखकर जरा अन्दाज नहीं लगता था कि उस घर का संघर्ष इतना जानलेवा रहा है।

मुझे बार-बार लगता था, मैं किसी परीदेश में आ गई हूं। इन्द्रधनुष के सारे रंग यहां पैड़-पैड़ पर गड्डमड्ड दिखाई देते। सतरंगी धरती, सुनहरी चट्टाने, नीला सागर और चमकीला आसमान हर पल हम पर आशीष बरसाते।

घर वालों का खयाल था कि हाउस-सर्जनशिप के बाद गिनेस को यहीं रहना चाहिए। पिताजी के दिमाग में, अपने चाय-बगान के मजदूरों के लिए एक अस्पताल खोलने की योजना थी; लेकिन गिनेस नहीं माना।

हम दिल्ली आ गए। वह कम-से-कम एम० डी० कर लेना चाहता था। वह प्रोफेसर गुप्ता के प्रतिभाशाली छात्रों में गिना जाता था। उन्होंने उसे रेजीडेण्ट डाक्टर की हैसियत से बी०-एस० अस्पताल में रख लिया।

वह बाल-रोगों पर विशेष अध्ययन करना चाहता था। उसे बच्चे बहुत आकर्षित करते थे, हंसते, खिलखिलाते, गोरे-मुदकारे बच्चे नहीं, वरन् रोते-कराहते, काले-कलूटे, कृशकाय शिशु।

वह सड़क के दाएं-बाएं झुग्गियों में बिसुरते, बिलबिलाते बच्चे देखता ओर त्रस्त हो जाता, 'ये बच्चे देश का भावी इतिहास कैसे लिखेंगे! भुख, कुपोषण, गन्दगी, गरीबी से लड़ते-लड़ते ही दम तोड़ देंगे।'

कई बार अस्पताल से, बचे हुए सैम्पल लाकर वह पिछवाड़े बसी झुग्गी-कालोनी में बांट आया था। वह उन्हें अस्पताल आने की सलाह देता। इनमें अधिकांश मजदूरिनें थीं, लुहार-चमार, और धोबी। इलाज के लालच में इनमें से कई अस्पताल पहुंच गए। एकाध बार बीच में पड़ गिनेस ने उनकी जांच करवा दी, पर जब वे मरीज फिर अस्पताल आए, उन्हें घुड़ककर भगा दिया गया।

बाल-रोग-विभाग के अध्यक्ष व अस्पताल के सुपरिन्टेण्डेण्ट प्रोफेसर गुप्ता ने कहा, 'तुम समझते नहीं हो गिनेस! अगर सारे शहर के भिखमंगे यहां भीड़ लगा लेंगे, तो अस्पताल का काम क्या खाक होगा? हमारी एकाग्रता में बाधा पड़ती है इस तरह! यह अस्पताल है या खैरातखाना?'

प्रोफसर गुप्ता अस्पताल के अहाते में बने एक बड़े बंगले में

रहते थे। उन्होंने न केवल देश में वरन विदेश में अपनी मौलिक पुस्तकों पर ख्याति अर्जित की थी। 'शिशु-रोगों की रोक-थाम' पुस्तक पर उन्हें अन्तर्राष्ट्रीय पुरस्कार भी मिल चुका था।

शहर में डा० गुप्ता को बच्चों का जादूगर कहा जाता था। सुबह वह अस्पताल व मेडिकल कालेज में व्यस्त रहते। शाम को उनके बंगले का अहाता शिशु-मरीजों से ठसाठस भर जाता।

उनके घर फोन सुनने के लिए ही अलग से एक चपरासी रहता था। कहने को वे केवल दो घण्टे मरीज देखते; लेकिन वह कभी साढ़े दस से पहले खाली न होते थे।

चार-साढ़े चार घण्टे अनवरत उनके क्लिनिक में लोग आते, लोग जाते। बच्चे बुखार में तपते, कराहते, रोते, मचलते अपने मां-बाप की गोद में आते, रिक्शों पर, स्कटरों पर, पैदल, कारों में। हर मेल का बच्चा वहां देखा जा सकता था, छोटा-बड़ा, काला-गोरा, दुबला-गदबदा।

डा० गुप्ता केवल जांच करते नुस्खा लिखते, दवाएं कैमिस्ट से खरीदनी पड़तीं। घर के ही बाहरी कमरे में उनका क्लिनिक था।

पोर्च और बरामदा मरीजों से ठसाठस भरा रहता। बहुधा ऐसा होता कि रात दस बजे वे आखिरी मरीज देखकर जब अंदर चले जाते तब भी कोई-न-कोई मरीज आ टपकता।

नौकर लाख कहता कि डाक्टर साहब अब नहीं देखेंगे; पर बीमार बच्चे के मां-बाप टलते नहीं। कई तो वहां पोर्च में पसर जाते, सुबह के इन्तजार में।

मिन्नत-खुशामद से काम न चलता देख, कई बार लोग

नौकर की मुट्ठी गर्म करते कि किसी भी तरह डाक्टर साहब उनके बच्चे को देख लें।

एक बार ऐसे ही किसी जरूरतमंद के रात डेढ़ बजे आने पर डा० गुप्ता ने बेडरूम की खिड़की से कह दिया था, 'पूरे पचास रुपये लगेंगे इस वक्त।' तब से चार-छह मरीज रात डेढ़ बजे के बाद भी आ जाया करते।

इनमें अकसर वे नौसिखिए मां-बाप होते, जो अपने नवजात शिशु की हर एक हरकत पर व्यग्र व चिन्तित होते या वे, जिनके पास फेंकने को पैसा होता।

डा० गुप्ता बिना चेहरे पर शिकन डाले चुपचाप मरीज देख लेते। उनका पर्स बार-बार नोटों से भर जाता। उनकी अलमारियों में एक की बजाय दो-दो सेफ थीं।

अस्पताल में वह जितने गुस्सैल ओर चिड़चिड़े नजर आते, घर में उतने शान्त व प्रस्तुत।

वैसे घर पर मरीज देखने की उनकी फीस थी, सिर्फ बीस रुपये; लेकिन विजिट पर जाने पर वह मनमाना चार्ज कर लेते। शहर के हर इलाके में वह जाते भी नहीं थे।

हालांकि उनका कदीमी घर पुरानी दिल्ली में था। वह पुरानी दिल्ली में मरीज देखने कभी नहीं जाते थे। वहां के धीमे ट्रैफिक में उनका बेशकीमती समय जाया होता; बल्कि जब इधर चक्रधर और गिनेस ने शाम को उन्हें मदद करनी शुरू कर दी, वह यह करते कि अगर चावड़ी बाजार, फतेहपुरी, घण्टाघर का कोई केस आता, तो उससे पूरी फीस एडवांस वसूल कर गिनेस या चक्रधर को रवाना कर देते।

पढ़ाई और नम्बरों की खातिर ये दोनों बेगार ढोते और डा० गुप्ता के लालच को कोसते। चक्रधर कम, गिलेस ज्यादा। कभी-कभी शीतल बंडी भी डा० गुप्ता के चंगुल में आ फंसता; लेकिन कम, क्योंकि उनका सीधा सरोकार डा० मेहदरित्ता में था।

सभी विभागों के अध्यक्ष अपने-अपने किस्म के शहनशाह थे। इसलिए नहीं कि उनकी प्रैक्टिस सबसे ज्यादा चलती थी अथवा इसलिए कि वह सबसे योग्य थे, बल्कि इसलिए कि वह दंद-फद व गुटबाजी द्वारा अन्य सभी को गिराने की काबलियत रखते थे। यहां तक कि वे रीडर्स का भी नम्बर न आने देते। एक खास घेरे के अन्दर ही केसेज देखे-बांटे जाते।

मरीज इस भेड़ियाधसान को न समझकर यही मानते कि जिसकी फीस और नखरे जितने तगड़े, वह उतना हो आला डाक्टर है।

नये विचारों, आदर्शों से उत्तेजित नए-नए युवा डाक्टर अध्यक्षों की इस पद-लोलुपता और धन-लोलुपता पर सिर धुनते।

बंडी कहता, 'डा० गुप्ता, डा० मेंहदरिता इतने पैसों का करेंगे क्या? आखिर साथ तो न ले जाएंगे?'

गिनेस कहता, 'हवस के मारे बौरा गए हैं। यह भी नहीं देखते कि उनकी बीवियों के मुंह पर कितनी मुर्दनी छाई रहती है, बावजूद मेकअप के।'

डाक्टर बंसल व कुमार की पत्नियां भी डाक्टर थीं। अन्य तीन अध्यक्ष, जो अहाते में रहते थे, उनकी पत्नियां डाक्टर नहीं

थीं। इनमें मिसेज मेंहदरित्ता सबसे नई व कम उम्र थीं।

चक्रधर को बस एक आश्चर्य होता कि इतना पैसा यह डाक्टर रखते कहां है। बैंक में तो रखने से रहे। बोला, 'वह जरूर रुपयों के गद्दे भरवाते होंगे।'

'फिर तो एक दिन इनका घर केवल गद्दों से भर जाएगा।' गिनेस कहता।

कई बार गिनेस बहुत खिन्न हो जाता, 'जया, सच उस दिन मैं नई सड़क गया था न केस देखने, मुझे भयानक तजुर्बा हुआ। उस दिन शाम छह बजे से ही वह आदमी डाक्टर साहब के दरवाजे पर खड़ा मिन्नतें कर रहा था कि डाक्टर साहब उसके बच्चे को चलकर देख लें। डाक्टर गुप्ता ने पहले तो उसकी गुहार पर कोई ध्यान नहीं दिया, बाकी केसेज निपटाते रहे। अन्त में नौ बजे मुझसे बोले, 'गिनेस, वाय डोन्ट यू गो एण्ड सी हिज पेशेन्ट?' फिर उन आदमी से कड़ककर बोले, 'फीस निकालो।' कांपते हाथों से आदमी ने अपनी अंटी से गुडीमुड़ी किया हुआ एक बीस का नोट निकाला और प्रोफेसर गुप्ता के हाथ पर रख दिया। प्रोफेसर गुप्ता ने कहा, 'जाओ, डाक्टर साहब के लिए टैक्सी लाओ।'

'उस आदमी की शक्ल रुंआसी हौ आई।

'मैंने तुरन्त कहा, 'नहीं, प्रोफेसर साहब? मैं बस में चला जाऊंगा।'

'डाक्टर साहब का ड्राइवर उनके कुत्तों को घुमाने ले जा रहा था। उनकी दोनों गाड़ियां पोर्च में खड़ी थीं।

'उस आदमी के ग्यारह महीने के बच्चे को गर्दन-मोड़ बुखार हो रहा था। उसके सींकसलाई से हाथ-पांव, बड़ा-सा पेट और लटकी गर्दन देख ताज्जुब होता कि यह जीवित कैसे हैं।

'बच्चे की मां फिर से मां बनने वाली थी और उसका घर ओफ ! लगता नहीं था, चूल्हा भी जला है। मैंने नुस्खा लिखा तो उसने कहा, डाक्टर साहब ! यह दवा कितने की आएगीं ?'

'कीमत सुनकर वह पस्त हो गया। उसकी पत्नी बोली, 'हंसुली बेचकर पच्चीस लाए थे, बीस तो डाक्टर की भेंट चढ़ गए, अब दवा कहां से आएगी ? कोई सस्तो दवाई लिख दीजिए डाक्टर साहब !'

ऐसी लाचारी, मायूसी और मुसीबत से गिनेस का रोज का साक्षात्कार था। अस्पताल से लौटकर वह मुझे यह सब बताता, में दहल जाती।

हमारे खर्च बहुत सीमित थे, इसलिए हमें कोई आर्थिक कठिनाई नहीं थी। गिनेस के वेतन में बखूबी गुजारा चल जाता, फिर भी मुझे बड़ी घबराहट होती। यह एक नितांत अपरिचित दुनिया थी। इस माहौल में एक तरफ इन्सान अस्तित्व के लिए संघर्ष करता दिखाई देता, तो दूसरी तरफ अस्तित्व के लिए मजबूर।

नर्सों में कई मेरी सहेलियां बन गई थीं। वह बतातीं, कितने

मरीज किन स्थितियों में दम तोड़ देते हैं।

कोई घटना सुनकर लगता कि मनुष्य में वाकई जिन्दा रहने की जांबाज तैयारी है, फिर किसी घटना से लगता कि मनुष्य मरने के लिए अभिशप्त है।

मेरे आसपास अस्पताल के अहाते में ऐनिस्थीसिया की नीली गन्ध और दवाओं की पीली गन्ध थी। उस जगह के वायुमण्डल में ये गन्धें बिंध गई थीं। सामने के गोलचक्र में तरह-तरह के फूल खिले थे, लेकिन उनका सौंदर्य-सुगन्धि महसूस नहीं होती थी। लगता था, फूल भी स्टरिलाइज कर डाले गए थे।

हमारे अपने घर में फिनायल और डेटोल की गन्धे प्रमुख थीं। गिनेस जितनी बार बाथरूम में हाथ धोता, थोड़ी-सी फिनाइल गिरा देता। मैं एतराज करती, तो कहता, 'तुम्हें नहीं पता, अस्पताल के करीब होने से यहां की हवा में इतने कीटाणु हैं कि फिनाइन का इस्तेमाल बेहद जरूरी है।'

'अस्पताल के बाहर ज्यादा हैं।' मैं कहती।

'शहर में एक नगरपालिका है। नगरपालिका में एक जन-स्वास्थ्य विभाग है। यह उस विभाग का सिरदर्द है।'

गिनेस के अनुसार हमारे मुल्क में स्वच्छता का सबसे विचित्र व गन्दगी का सबसे घिनौना रूप, दोनों उपलब्ध थे। उसे लगातार अचम्भा होता। में उसका आश्चर्य समझ सकती थी क्योंकि मारिशस में कहीं भी गन्दगी का यह विकट स्वरूप मुझे देखने को नही मिला था। वहां के गांव भी एकदम साफ और सुन्दर थे।

दो-एक बार गिनेस ने यमुनापार की बस्तियों का दौरा किया। उसका कहना था कि उन बस्तियों का मुख्य आहार

जीवाणु और कीटाणु था।

मैंने भी मथुरा की गलियों में देखा था। कृष्ण के कट्टर भक्त नहा-धोकर नंगे पांव घर से निकलते, पूजा के लिए पीतल की टोकरी और तांबे की लुटिया हाथ में थामे मन्दिर जाते। अगल-बगल राहगीरों का स्पर्श बचाते, वह कभी यह न सोचते कि इस तरह कितनी गन्दगी के पैरों में लपेट मन्दिर में छोड़ आते हैं और कितनी मन्दिर से घर में ले आते है।

वहां धर्मनिष्ठ औरतें भंगिन के छु जाने पर उनसे घमासान युद्ध छेड़ देतीं। बिना यह देखे कि उनके दांतों में कितने कीड़े लग गए हैं या उन्हें जगह-बे-जगह खुजली की बीमारी कब से है।

अपनी पढ़ाई के सिलसिले में गिनेस ने कई गर्भवती स्त्रियों को इन्टरव्यू लिया। उसने पाया उनमें से अधिकांश भयंकर रूप से धर्मान्ध थीं। अजीब-अजीब खयाल थे उनके।

एक औरत ने कहा, वह रोज सुबह उठकर अपनी बेटियों की ओर पीठ कर किसी नर-पक्षी का दर्शन करती है, इससे शर्तिया लड़का पैदा होता है।

एक ने बताया कि ग्रहण के समय उसने द्वार की सांकल उचककर खोली थी, इसलिए उसके पेट का बच्चा लंगड़ा पैदा हुआ।

एक औरत ने कहा, वह गर्भावस्था के दिनों में साबुन से नहीं नहा पाती, इससे बच्चे काले हो जाते हैं।

गिनेस जब इन ऊलजलूल खयालों की तर्कहीनता समझाता, औरतें सिर हिलातीं और आपस में खुसर-पुसर कर सहमति प्रकट करतीं; पर फिर अपनी बड़ी-बूढ़ियों का हवाला दे, वापस

उसी अन्धचक्र में पहुंच जातीं।

यहां तक कि शिक्षित महिलाओं में भी विचित्र प्रकार के अंध-विश्वास थे। गिनेस ने शहर की कुछ गृहणियों व कामकाजी स्त्रियों से साक्षात्कार किया। उसने पाया, ये स्त्रियां अपनी गर्भावस्था का समय एक विशेष तनाव में बिताती है। तनाव का सर्वप्रमुख कारण कि कहीं लड़की न हो जाए।

यहां तक कि जिस औरत के तीन बेटे थे, वह भी चौथा बेटा ही चाहती थी, बेटी नहीं।

जिसके पहला शिशु होना था, उसकी चाह भी बेटे की थी।

झुग्गी-झोंपड़ी से लेकर कोठी-बंगले तक गिनेस को पुत्र के प्रति यह आग्रह देखने को मिला। अपनी डिजर्टेशन के सिलसिले में उसे 'माताओं और शिशुओं में रोगों की रोकथाम' पर काम करना था।

कभी-कभी वह मुझसे कहता, 'मैं तो यही कामना करता हूं जया! हमारे प्यारी-प्यारी बच्चियां हों, वे भी जुड़वां।'

मैं हंस देती।

'सच एक या दो नन्ही जया! मैंने तुम्हारा बचपन नहीं देखा। उसके जरिए वह भी देख लूंगा।'

लेकिन, मैं तो एक नन्हा गिनेस चाहती हूं। मैंने भी तुम्हारा बचपन कहां देखा?'

'रही न तुम भी वही-की-वही।' वह रूठने लगता है। मैं उसे मनाने लगती।

चांदनी हमारे नन्हे घर की खिड़की से छनकर सीधी पलंग

पर आती थी।

लेटे-लेटे गिनेस मेरा हाथ थाम लेता, 'लाओ, तुम्हारा भाग्य पढ़ दूं। अरेरे, यह कैसा हाथ है? भाग्य-रेखा तो इसमें है ही नहीं।'

'हटो।' मैं हाथ खींच लेती, 'मेरे हाथ में तो पूरी छः फुट लम्बी भाग्य-रेखा है। तुम्हें नहीं दिखी।'

हम चांदनी की मीठी जकड़बन्दी में सांसों की जुगलबन्दी सुनते-सुनते सो जाते।

चक्रधर होटल में रहता था। कई बार वह दोपहर का खाना हम लोगों के साथ ही खा लेता। पिछले पूरे माह उसे डाक्टर गुप्ता ने शाम के समय जोते रखा।

विद्यार्थियों से काम लेने के लिए डाक्टर गुप्ता कुख्यात थे। जो उनके काम न आता उसका भविष्य पहले ही धुंधला पड़ जाता।

उस दिन फुर्सत में चक्रधर आया। काफी पीते-पीते बोला, पिछले हफ्ते डाक्टर साहब ने कई कलाबाजियां दिखाईं। एक रात ग्यारह बजे जब आखिरी मरीज विदा हुआ, तभी स्कूटर पर एक दम्पति नन्हा-सा बच्चा लिए पहुंचे। स्त्री बिलकुल रुआंसी हो रही थी, बोली, 'डाक्टर साहब! मैं तीन घंटे से कोशिश कर रही हूं। बेबी सोता ही नहीं। बस, रोए जा रहा है।' बच्चे के

नौजवान बाप ने कहा, 'डाक्टर साहब ! यह इतनी देर से चिल्ला रहा है। कहीं इसके फेफड़े न डैमेज हो जाएं।'

'तुम्हें पता है गिनेस ! डाक्टर गुप्ता की वह शरारती मुस-कान, जो ऐसे पढ़े-लिखे बेवकूफों को देखकर उनके चेहरे पर अनायास आ जाती है। बच्चे के मा-बाप तो इतने घबराए हुए थे कि उन्हें खुद रुलाई आ रही थी।

डाक्टर गुप्ता ने मुझे इशारा किया। डाक्टर साहब ने बच्चे का पेट, छाती, गला, आंख सब जांचा, सब दुरुस्त था। मैंने अंदर से लाकर आधा चम्मच ट्राइक्लोरियल सिरप बच्चे के मुंह में डाल दिया। बच्चे ने रोना अंदर आकर ही बन्द कर दिया था। मेरा तो मन हो रहा था कि एक-एक चम्मच सिरप उसके मां बांप को पिला दूं। डाक्टर साहब ने कहा, 'अब बच्चा आपको तंग नहीं करेगा। जाइए, आप लोग भी सो जाइए।'

वे नौसिखिए मां-बाप इतने प्रसन्न हुए कि बीस की जगह चालीस रुपये दे गए। उनके जाने पर डाक्टर साहब ठठाकर हंस पड़े, 'देखा चक्रधर ! यह है हमारे धंधे का अंधा जादू। सीख लो, सीख लो, काम आएगा ! कम बोलो, ध्यान से सुनो, जांचों मरीज के अटैडेट को भी समझाने की कोशिश न करो, बम, पर्चा लिखो, पकड़ा दो। ज्यादा-से-ज्यादा हूं-हां से काम चलाओ।'

'उस दिन डाक्टर साहब ने मुझे पहली बार दस का एक नोट दिया, इनाम। नहीं तो तुम्हें पता है चाहे ग्यारह बज जाएं, चाहे बारह, डाक्टर साहब कभी काफी को भी नहीं पूछते।'

'कायदे से उन्हें कुछ हिस्सा सहयोगियों का भी रखना

चाहिए।' मैंने कहा।

गिनेस ने कहा, 'कायदे से उन्हें फीस लेनी ही नहीं चाहिए। उन्हें सरकार से वेतन मिलता है। किताबों से रायल्टी भी आती है।'

'लेकिन खर्च भी तगड़ा होगा उनका। आखिर दो-दो बच्चे शिमला में पढ़ते हैं।' मैंने कहा,'मिलेज गुप्ता की साड़ियां देखी हैं? मार्केटिंग करने भी जाती हैं, तो तीन सौ से कम की साड़ी नहीं पहनतीं।'

गिनेस चिढ़ा, 'जाने किस-किस की व्याधि से कलंकित किस-किस की मजबूरी से मुड़े-तुड़े नोटों से ऐश करते हैं ये लोग?' यह क्या कि जो फीस दे सकता है, वह छींक का इलाज भी वी० आई० पी० ढंग से करा ले और जो नहीं दे सकता, वह दमा, नकदा, तपेदिक को भी किस्मत का हिस्सा मानकर सब्र कर वे।'

चक्रधर असहमत हो गया, 'तुम तो खामाख्वाह भावुक हो रहे हो, दोस्त! आखिर डाक्टर गुप्ता डाक्टर है, ठग तो नहीं। इलाज करते हैं, फीस लेते हैं। अपनी अक्ल के बूते पर कमाना कोई बुरी बात नहीं।'

'तुम्हारे लिए नहीं होगी, मेरे लिए तो है। मेरी नजर में अपनी अक्ल का पेशा करना उतना ही नीच है, जितना आपकी अक्ल का पेशा करना।'

गिनेस के लिए डाक्टरी की पढ़ाई एक आदर्श थी। वह सोचता था कि चिकित्सा भी राष्ट्रीय सेवा का एक अंग होना चाहिए, जिसके अन्तर्गत जाति-वर्ग, वर्ण से परे हर किसी को

हर किस्म का उपचार सुलभ हो।

चक्रधर की आंखों में ऐसा कोई सपना नहीं था। अकसर वह डाक्टर गुप्ता के नुस्खे रट लेता, दवा-कम्पनियों के नाम समेत। इसीलिए डाक्टर गुप्ता के घर इस सायंकालीन सेवा को वह इन्वेस्टमेंट कहता था।

वह एक महत्त्वाकांक्षी व्यक्ति था। उसकी हार्दिक इच्छा थी कि स्नातकोत्तर शिक्षण के बाद डाक्टर गुप्ता उसे इसी शहर में इसी कालेज में लेक्चरर नियुक्त कर लें।

इसके विपरीत गिनेस डाक्टर गुप्ता से भिड़ जाता। दो-एक बार मरीज के जाने के बाद गिनेस की डाक्टर साहब से बहस हो गई।

'आपने अमुक कम्पनी की दवा क्यों लिखी? आपका पता है उस दूसरी कम्पनी की वही दवा उससे सस्ती और ज्यादा कारगर है। हम परीक्षण द्वारा यह सिद्ध कर चुके हैं।'

'गिनेस तुम मेरे प्रेस्क्रिप्शन में दखल न दिया करो। डाक्टर गुप्ता ने भरसक ठंडे स्वर में कहा।

'उस छः माह के शिशु को आपने वह तेज असर वाली दवाई प्रिसकाइब की है। वह ठीक तो तुरंत हो जाएगा, लेकिन उसकी भूख हवा हो जाएगी, पाचन-क्रिया चौपट हो जाएगी, उसका ब्लड-काउंट भी लो हो सकता है।'

'तो फिर उसके माता-पिता पाचन-क्रिया और ब्लड-काउंट का इलाज करवा लेंगे।'

'और उनका भी साइड इफेक्ट होगा।

'हां, होगा। हर एक दवा का इफेक्ट और साइड-इफेक्ट होता है। इसमें ताज्जुब क्या है? और आइंदा मुझसे ऐसे बेहूदा सवाल-जवाब न करना। यू मस्ट नो योर लिमिट्स।'

'सर! मैं आपसे एक गुस्ताखी कर सकता हूं! अगर आपका बच्चा बीमार हो जाए, तो क्या आप उसको यही दवा देंगे?'

'तुम अपनी हद वाकई लांघते जा रहे हो गिनेस! तुम्हें पता नहीं, हो सकता है, इन हरकतों से तुम्हें बगैर पढ़ाई पूरी किए वापस लौटना पड़ जाए।'

'क्या इसका यह अर्थ निकलता है कि मैं आपसे स्पष्ट बात नहीं कर सकता?'

'कर सकते हो, तमीज़ के साथ, याद रहे!' डाक्टर गुप्ता फिर मरीजों में लग गए।

लेकिन गिनेस घर आकर किचकिचाता रहा, 'उस दवा कम्पनी का प्रतिनिधि इनके पास न जाने क्या-क्या भेंट छोड़ जाता है! तभी इन्हें वह दवा कम्पनी इतनी प्यारी है।'

'पर तुम इस चीज को कैसे रोक सकते हो। आखिर मरीज

उनके मरीज हैं, उनसे इलाज करवाते हैं, उनमें विश्वास रखते तभी आते हैं!' मैंने उसे शांत करने का प्रयत्न किया।

'मरीज उनके हैं या मेरे, यह जरूरी बात नहीं है जया! पर वे जिंदा इंसान हैं। जिंदा जानों से निर्मम मुनाफा कमाना उफ! कितना घृणित है यह। तब तो और भी ज्यादा, जब वे इंसान इतनी श्रद्धा और विश्वास ने उनके पास आते हैं, उन्हें साक्षात भगवान समझ।'

'फीस लेना तुम मुनाफा क्यों मानते हो? वे कोई दवा तो बेचते नहीं, जो मुनाफा कमाएं?'

तुम नहीं जानतीं। यह एक जाल है, जो पूरे कालेज और अस्पताल में फैलाया हुआ है। जो लोग इन जाल को फैलाने में इनकी मदद करते हैं, उनकी ये भी मदद करते हैं। जैसे बे-जरूरत मरीज का फलां डॉक्टर से एक्स-रे करवाना। अगर वह कहीं और से करवा लाया है, तो उस रिपोर्ट को आथेण्टिक न मानना। जनरल वाड में बिस्तर होते हुए भी जबरदस्ती प्राइवेंट वाड में मरीज दाखिल करना। जब तक मरीज मरणासन्न न हो जाए लापरवाही बरतना। जो मरीज प्राइवेट उपचार कराएं उनपर ज्यादा ध्यान देना, जो अस्पताल में इलाज करवाएं उनपर कम। ये सब बातें मुनाफे के अन्तर्गत आती हैं।'

'जांच कर वे दवा ही देते हैं न, जहर तो नहीं देते। तुम यों ही गरम हो रहे हो।'

'पर जब उससे कम तेज दवा से काम चल सकता है, तब उन्हें वह देनी चाहिए। बच्चों का सारा सिस्टम हमेशा के लिए नामाकूल हो जाता है।'

'वे भी क्या करें? मरीज भी तो डाक्टर को जादूगर समझ कर आते हैं।'

'तो डाक्टरों को चाहिए, डाक्टरी छोड़ बाजीगरी शुरू कर दें।'

'मुझे लगता है गिनेस! विद्यार्थी जीवन सपनों का सिल-सिला होता है। तुम ऐसे ही सपनों में जीते हो। जरा आंख खोलकर देखो। क्या दुनिया सपनों से चल सकती है? इनमें नून, तेल, लकड़ी की सख्त जरूरत होती है जनाब!'

'डाक्टर साहब के सामने उनमें से एक भी समस्या नहीं है। जया! समस्या है तो उनकी हविस।'

"जब तुम प्रेक्टिस शुरू करोगे, तब देखेंगे।'

'देख लेना। मुझे प्रेक्टिस छोड़ना मंजूर होगा; लेकिन सिद्धान्त नहीं।'

'हर असफल आदमी आदर्शवादी होता है। हर सफल इंसान यथार्थवादी।'

गिनेस मेरी बात से आहत हो गया।

'क्या तुम्हारी निगाह में भी सफलता वही है, जो नोटों में नापी जाए? क्या तुम इन्तजार कर रही हो कि कब मैं पढ़ाई खत्म कर पैसा कमाने की मशीन में ढल जाऊं?'

मेरा यह मतलब बिलकुल नहीं था। मेरी मुश्किल यह थी कि मैं उसे असम्भव आदर्शों की कच्ची राह से वास्तविक तथ्यों की पक्की राह पर लाना चाहती थी। मैं नहीं चाहती थी कि दुनिया के आगे वह फिसड्डी साबित हो।

पर गिनेस की आंखें आदर्श से आलोकित थीं।

वह बोला, 'अव्वल तो मुझे यहां प्रेक्टिस करनी ही नहीं है। अस्पताल की जानलेवा राजनीति में यहां डाक्टर खुद रोगी हो जाता है। वह नये डाक्टर आए हैं न, डाक्टर उस्मान, सर्जरी के लेक्चरर! उन्हें लेकर विभाग में जबरदस्त विरोध है। डाक्टर गुप्ता उनसे बेहद चिढ़ते हैं। उन्होंने पूरे विभाग में यह प्रदूषण फैला दिया है। परसों डाक्टर उस्मान को बड़ा जरूरी एमरजेन्सी आपरेशन करना था। थिएटर खाली नहीं मिल रहा था। उनका मरीज दो बजे तक कारीडोर में पड़ा रहा और जब आपरेशन-थिएटर उन्हें मिला, तब आपरेशन के दौरान बिजली गुल हो गई। आपसी बैर-भाव में दूसरों की जान से खिलवाड़ करना जैसे आम बात है।'

'तुम्हें इन सब बातों में नहीं पड़ना चाहिए गिनेस!' मैंने खाने की प्लेट हटाते हुए कहा।

गिनेस का गुस्सा बढ़ गया, 'तुम भी डाक्टर गुप्ता की तरह बोल रही हो। छात्रों से कहा जाता है इन सब बातों में न पड़ो। इसीलिए उपद्रव होते हैं, इसीलिए तोड़-फोड़। किसी भी औसत बुद्धि वाले इंसान को ये बातें कचोटती हैं। इनसे कैसे आंखें बन्द की जा सकती हैं! अगर पढ़ाई के दौरान आंख, कान, मुंह बन्द रखना जरूरी है, तो पढ़ाई के बाद दिमाग कैसे खुलेगा! क्या अर्थ है इस पढ़ाई का?'

गिनेस इसी तरह हमेशा सवालों से भरा रहता था। वह केवल अपने विषय पर सीमित न रहकर, समूचे अस्पताल, समूचे शहर, समूची व्यवस्था को लेकर आन्दोलित रहता।

शहर में आए दिन कोई न कोई रोग महामारी की तरफ फैला रहता। कभी पानी, तो कभी हवा, कभी मक्खी, तो कभी मच्छर पर सवारी करता रोग आता और घर-घर घुस जाता। हफ्ते में दो दिन सुबह आठ से एक गिनेस की ड्यूटी बाह्य-विभाग में लगती।

इस माह डाक्टर गोकर्ण के साथ शीतल वंडी और गिनेस की ड्यूटी थी।

इन दिनों शहर में मलेरिया भयंकर रूप से फैला हुआ था अस्पताल में उसके इलाज के लिए भारी तादाद में एक अच्छी कम्पनी की माकूल गोलियां मंगा ली गई थी।

कांपते थरथराते, बुखार में तपते लोग सुबह से अस्पताल पहुंच जाते। घण्टों लाइन में खड़े होकर वे पर्ची बनवाते, फिर एक-एक कर डाक्टर से जांच करवाते। अन्त में उन्हें दवा के लिए लाइन लगानी पड़ती। इस सबमें रोगी का खासा कचूमर निकल जाता- लेकिन और कोई चारा भी नहीं था। इतनी परेशानियों के बावजूद अस्पताल में आजकल खिड़की तोड़ भीड़ थी।

बुधवार को एकाएक बारह बजे अस्पताल के दवाखाने की खिड़की बन्द कर दी गई। अभी दवा लेनेवालों की एक लम्बी कतार बाकी थी। लोग शोर मचाने लगे।

चपरासी ने बाहर आकर कहा, 'दवा खत्म हो गई है।'

मरीजों के चेहरे उतर गए। कई असन्तोष में बहस करने लगे। कम्पाउण्टर ने बहस नहीं की। वह सीधे सुपरिन्टण्डेण्ट की केबिन में घुस गया।

शीतल बंडी और गिनेस जो इतनी देर से रोगियों की जांच में सिर खपा रहे थे, इस खबर ने हक्का-बक्का रह गए कि गोलियों का स्टाक खत्म है।

बीमारी पूरे जोर पर थी। बच्चे-बूढ़े सब चपेट में थे। ऐसे समय अस्पताल का फर्ज हो जाता था कि दवा मुहैया करे।

वे दोनों भी सुपरिन्टेण्डेण्ट के केबिन में पहुंचे, 'डाक्टर गुप्ता! बाहर मरीज त्राहि-त्राहि कर रहे हैं। आप दवा का तत्काल प्रबन्ध करवा दें।'

'भई, इतनी जल्दी कैसे होगा? आखिर सौ-पचास गोलियों का सवाल तो है नहीं, हजारों की तादाद में चाहिए, उसके साथ उतनी ही विटामिन की टिकिया। देर तो लगेगी।'

'तो मैं रोगियों से कह दूं, कल आकर ले जाएं।' गिनेस बोला।

'कल तक कैसे होगा इन्तजाम? उनसे कहो, अगले हफ्ते आएं!'

'सर! अगले हफ्ते तक जिन्दा रहे, तभी आ पाएंगे ये।'

कम्पाउण्टर बोला, 'अरे, ये नहीं मरने वाले। मलेरिया, फ्लू की बात छोड़ो, ये तो यमदूत को भी चकमा देकर अस्पताल आ जाएं बिस्तर तोड़ने!'

बंडी ने उसे घुड़ककर चुप कर दिया।

'हजारों टेबलेट्स आई थीं। इतनी जल्द के खत्म हो गई?' गिनेस ने कहा।

डाक्टर गुप्ता कुछ नहीं बोले। उन्होंने एक ठण्डी, टेढ़ी और बदमिजाज नजर उसपर डाली।

कम्पाउण्डर किसी से दबता नहीं था, बोला, 'लोग भी बस शोर मचाना जानते हैं। अरे, बारह-बारह पैसे में बाजार से टिकिया मिलती है। ले क्यों नहीं लेते ? चले आते हैं सुबह सुबह दिमाग चाटने।'

बडी ने कहा, 'इनमें से ज्यादातर ऐसे लोग हैं, जिनकी जेब में बारह पैसे भी होने मुश्किल हैं।'

डाक्टर गुप्ता चिढ़ गए, 'जितना स्टाक था, बांट दिया गया अस्पताल ने क्या सारे शहर का ठेका ले रखा है? ये गलीज लोग क्या कभी ठीक हो सकते हैं? आज इन्हें मलेरिया से बचाओ, कल इन्हें फ्लू हो जाएगा, फ्लू ठीक करो, टाइफायड हो जाएगा। दवाई खिलाने से पहले इन्हें सफाई सिखाने की जरूरत है। गन्दगी इनका भोजन है और मच्छर इनका हम-साया!'

गिनेस बोला, 'नहीं सर! गरीबी इनका हमसाया है, भूख मरी इनका भोजन।'

डाक्टर गुप्ता बोले, 'तो इसका इलाज हम कहां से करें। जाएं ये गांधी टोपी वाले नेताओं के पास। उनसे इलाज मांगे। उनसे क्यों नहीं कुछ कहते, जिन्हें ये चुपचाप जाकर वोट पकड़ा आते हैं?'

बंडी ने गर्दन हिलाई, 'ठीक कहते हैं सर! इनका इलाज डाक्टर के नहीं, लीडर के पास है!'

'काश! गरीबी दूर करने की भी कोई टिकिया आती!' गिनेस ने कहा।

अस्पताल में इसी तरह दवाओं का स्टाक अकस्मात् खत्म हो जाता। कभी टैटबैक उपलब्ध न होता, कभी पोलियो डोज खलास हो जाती। कभी विटामिन बी० के कैप्सूल गायब हो जाते, तो कभी ए० पी० सी० नदारद।

अस्पताल के बाहर कैमिस्टों की चांदी बन आती। मरीज निराश होकर वहीं जाते।

उन दिनों डाक्टर गुप्ता, डाक्टर मेंहदरित्तो, डाक्टर प्रधान डाक्टर गोकर्ण वगैरह के घरों में भी शाम को अतिरिक्त भीड़ होती। कई मरीज अस्पताल की भीड और लम्बे इन्तजार से घबराकर, किसी तरह फीस का प्रबन्ध कर शाम को डाक्टर साहब के घर पर दिखते।

हर वस्तु का मौसम साल में एक बार आता, किताबों का, कपड़ों का, फलों का, फूलों का; लेकिन बीमारी हर मौसम के साथ चिपकी रहती। सुबह होते ही अस्पताल का अहाता

खांसते-खांसते लोगों से भर जाता, औरतें, बच्चे और मर्द।

कइयों की दशा ऐसी होती कि उन्हें अस्पताल में दाखिल करना जरूरी होता; लेकिन अस्पताल ठसाठस भरा रहता। जितने बिस्तर उससे तिगुने मरीज। मरीज बिस्तरों के ऊपर, नीचे और अगल-बगल।

इस अपाधापी में सबसे ज्यादा अगर किसी पर जोर पड़ता तो नर्सों और हाउस-सर्जनों पर। उनकी ड्यूटी यकायक बढ़ा दी जाती। कभी आफ-डे कैन्सिल कर दिया जाता, कभी कैजुएल। केस बिगड़ने पर सबसे ज्यादा लताड़ भी उन्हें ही पड़ती। कभी कभार दाखिल हुए मरीज बड़े डाक्टर से शिकायत कर देते। अगर शिकायत करने वाला कोई महत्त्वपूर्ण व्यक्ति हुआ, तो बस कयामत आ जाती।

दरअसल अस्पताल का प्राइवेट-वार्ड ही ऐसी सब मुसीबतों की जड़ था, किसी-किसी मरीज के सेवक वहां आर ऐसे व्यवहार करते, जैसे वे किसी होटल में रह रहे हैं और जैसे उन्हें पैसे के बल पर सब सुविधाएं प्राप्त करने का हक है। थोड़ी-थोड़ी देर में वे नर्स को बुला लाते। अपने मरीज का हाल बढ़ा-चढ़ाकर बयान करते और रात-बिरात डाक्टरों को तंग करते। नतीजा यह होता कि अस्पताल का स्टाफ इतना झल्लाया रहता कि कभी-कभी वास्तव में गम्भीर मरीज की भी अवहेलना हो जाती।

एक दिन हम घूमते-घूमते बंगाली मार्केट चले गए।

मुझे चाट बहुत पसन्द थी; पर गिनेस का खयाल था यह बीमारी की जड़ है। मेरे बहुत जिद करने पर भी उसने चाट

नहीं खाई, न खाने दी। वह कनाट प्लेस जाकर आइसक्रीम खाना चाहता था।

तभी मैंने एक दुकान की भीड़ में एक नितान्त परिचित पिछवाड़ा देखा। नहीं, मैं भूल नहीं कर सकती थी। यह यशा थी। मेरी सबसे प्यारी सहेली। मैंने पास जाकर शक्ल देखकर इतमीनान किया और पुकारा, 'यशा!'

हम लिपट गए, फिर सहसा अलग हो गए।

यशा ने कहा, 'तूने खबर भी न ली इतने दिन कि यशा जीती है या मर गई?'

'तूने भी तो नहीं ली यशा! तू अकेली आई है?'

"नहीं, 'जी' साथ में है। उसने कहा और तभी पास आई एक वृद्धा से मुखातिब हो गई।

मैंने पाया वह औरत बड़े ध्यान से मेरी ओर देख रही थी।।

"जी, यह मेरी कालेज की सहेली है जया! हमारे घर अगल-बगल थे।

जी ने आशीर्वाद दिया, फिर यशा से बोली, जल्दी कर ले! देर हो रही है।

यशा ने बताया, वह चांदनी चौक में रहती है। पति लोहे के व्यापारी हैं। यह उसकी सास हैं, जी।

मेरे दिमाग में तड़फड़ मची थी। शादी के साथ-साथ मैके से सम्पर्क टूट गया था। मुझे अपने माता-पिता की कोई खबर नहीं थी। यशा के बारे में फिर कैसे कुछ पता होता।

मैंने कल्पना की थी, जैसे मैंने अपने प्यार में कामयाबी

पाई, वैसे ही यशा ने पाई होगी। वह शिकागो उड़ गई होगी या मोहम्मद हिन्दुस्तान आकर बस गया होगा। मुझे क्या पता था यशा यहीं है, इसी शहर में।

मैंने उसे गिनेस से मिलाया। गिनेस की आदत थी, वह एक ही नजर में बहुत-कुछ ताड़ लेता था। कुछ-कुछ तो मैं भी ताड़ गई थी।

बावजूद अपनी कीमती साड़ी और बढ़िया मेकअप के यशा के चेहरे पर रौनक नहीं थी।

मेने जी से बचाकर इशारे से पूछा, 'क्यों मोहम्मद वाला प्लेन छूट गया था क्या?'

यशा पीली पड़ गई। डरकर उसने जी की तरफ देखा और बोली, 'फिर बातें करेंगे। अपना पता दे दे, मैं आऊंगी।'

वह जल्दी से जी के साथ वहां से चली गई।

गिनेस ने कहा, 'यही वह लड़की है, जिसके बारे में तुमने बताया था?'

'हां।'

'शी सीम्स टु बी बार्न फार ट्रैजिडी।'

वाकई यशा बेहद, उदास लगी थी।

उसने अपना पता भी नहीं बताया था। मुझे बड़ी बेचैनी होने लगी। मैं तो गिनेस को पाकर घर-बार, सखी-सहेली सब भूल गई थी। अपने दिन और रात, दोनों उसके हवाले कर मैं बेहद मगन थी।

मुझे अचम्भा होता था कि हमारे विवाह के ग्यारह महीने, ग्यारह मिनट की तरह गुजर गए थे।

नहीं, मैं उस अर्थ में विवाहित नहीं दिखती थी, जिस अर्थ में आम तौर पर लड़कियां दिखती हैं। न मांग में सिन्दूर, न माथे पर बिन्दी, कलाई में न चूड़ा, न चूड़ी, सादी सूती कलफ लगी साड़ियों में मैं उसकी पत्नी की अपेक्षा दोस्त नजर आती। उसे मेरी यही तसवीर पसन्द थी।

मेरी आभूषणहीन, दुर्बल देह की इंच-इंच को उसने प्यार से इतना सजा दिया था कि मैं अपने को किसी रानी-महारानी से कम नहीं मानती, पर इसका मतलब यह नहीं था कि हमें परेशानियां नहीं थीं। उद्विग्न होने के लिए कोई-न-कोई कारण निकल ही आता था।

अस्पताल के अन्दर-बाहर का हाहाकार, गिनेस की दैनिक व्यस्तता, अपने आसपास के सवालों से रोज का टकराव, हमें कभी भी पूरी तरह सन्तुष्ट और सुखी होने की छूट नहीं देता था। आए दिन मैं दिल्ली की सड़कों पर नव-विवाहित जोड़ों को देखती, भारी साड़ियां और नये सूट पहने, एक-दूसरे के हाथ में हाथ डाले घूमते, हंसते, चहचहाते। हमारा एक भी दिन इतना निश्चिन्त नहीं गुजरा था।

गिनेस का अनिश्चित ड्यूटी-क्रम, अध्ययन और चिन्तन इस सबकी इजाजत नहीं देता था।

कभी मैं कहती 'प्रेम भी कर लिया, शादी भी कर ली; पर एक भी बार न ताजमहल गए, न कश्मीर। न कोई फोटो खिचवाई, न जेवर बनवाए। इसका मतलब चालू अर्थों में या तो हम औसत नहीं है या हम प्रेमी नहीं हैं या हम दोनों नहीं हैं।'

गिनेस कहता, 'प्रेम और प्रमी इतने पिटे हुए शब्द हैं कि इनका कोई अर्थ नहीं बचा है। हम एक-दूसरे के लिए जरूरी हैं, क्या यह काफी नहीं है? तुम मेरी जिन्दगी में वैसे ही जरूरी हो जैसे सुबह का अखबार।'

'अखबार न आए, तो भी जिन्दगी तो चलती रहती है।' मैं रूठती।

'हां जिन्दगी तो एक बायलाजिकल प्रक्रिया है, चलती रहती है; किन्तु वह एक छिलका जिन्दगी होती है। जिस दिन सुबह का अखबार न मिले, वह दिन कितना अधूरा मनहूस और बेस्वाद होता है!'

मैं कहती, 'तुम मेरे लिए उतने जरूरी हो, जितना जिन्दा रहने के लिए मिट्टी-पानी और आकाश : मेरे लिए सांस लेने का पर्याय हो तुम!'

गिनेस हंस पड़ता, 'दरअसल हम दोनों एक-दूसरे के लिए आक्सीजन का काम करते हैं, है न। जय! मैं कवि नहीं हूं। मैं तो बड़ी बेसिक बातें समझता हूं कि अब तुम्हारे बिना जिन्दगी की कोई शक्ल मेरे जेहन में नहीं बनती।'

ऐसे समय मैं गर्व से कुछ और ऊंची उठ जाती। बहुत नाज था मुझे गिनेस पर। इसीलिए इसका नन्हा संसार सम्भा-लते मुझे कभी ऊब नहीं होती। अन्य सीनियर्स की पत्नियां हर वक्त इतनी मनहूस शक्ल बनाए बुनाई करती रहतीं, शापिंग करतीं या किसी पार्टी को अटैण्ड करतीं। मैं अपने छोटे से, नर्म, खुशनुमा घोंसले में तिनका-तिनका संवारती।

शीतल बंडी की अभी शादी नहीं हुई थी, लेकिन चक्रधर अग्रवाल विवाहित था। वह अपने निजी जीवन के बारे में कभी खुलता नहीं था। उसके जीवन का आदर्श थे डाक्टर गुप्ता। इस व्यवसाय में वह उनका वारिस बनना चाहता था।

वह तो हमें बहुत बाद में पता चला कि वह एक बच्चे का बाप भी था। उसकी पत्नी मुरादाबाद में अपने माता-पिता के साथ रहती थी। कभी-कभी चक्रधर छुट्टी लेकर ससुराल जाता था; लेकिन लौटकर वह अपने विभाग की नर्सों के साथ फिर वही छेड़छाड़ शुरू कर देता, जिसके लिए वह खासा बदनाम था।

जब भी कोई नर्स ट्रेनिग करके नियुक्त होती, चक्रधर बड़ी हेकड़ी से उसे अपने कब्जे में ले लेता।

गिनेस ने कई बार उसे इस लम्पटपने के लिए डांटा; लेकिन वह बेहयाई से हंस देता, 'जब बीवी मायके रहती है तब हम क्या भगवद्गीता के सहारे जिन्दगी काटेंगे!'

चक्रधर सम्बन्धों को जिस पशु-स्तर पर ला पटकता था, उससे मुझे और गिनेस को बड़ी वितृष्णा होती।

भोली-भाली लड़कियां उसके व्यक्तित्व से आकृष्ट हो, फंस जातीं। अचरज इस बात की कि यह आदमी जीवन की समस्त नैतिकताओं से परे था। वह लड़कियों के बारे में दोस्तों में बैठ अपनी विस्तृत जानकारी बताता। वह लड़कियों के बारे में ऐसे बोलता, जैसे वे लड़की न होकर बिजली का सामान हो, 'यह देर में गर्म होती है।' 'यह जल्दी ठण्डी पड़ती है...।'

मैंने गिनेस को सख्त मनाही कर दी कि चक्रधर को घर न

लाया करें। गिनेस को भी मित्र के रूप में वह पसन्द नहीं था।

चक्रधर का जीवन के बारे में मुहावरा ही अगल था। खासा हिसाबी आदमी था। अगर कभी चाय पिलाता, तो शाम तक वापस चाय वसूल लेता। बात-बात में झूठ बोलता। यह सब छोटी बातों तक ही सीमित रहता, तो इतना बुरा न लगता; लेकिन कभी-कभी वह बड़े झूठ बोलने में भी न कतराता।

एक बार उसने डाक्टर गुप्ता से कह दिया कि गिनेस आपके मरीजों को भड़काता है। उन्हें ओ० पी० डी० में ही वे दवाएं लिखकर दे देता है, जो आप शाम को घर पर बताते हैं।

डाक्टर गुप्ता इस बात से बहुत भड़क गए। अपने नुक-सान की आशंका भी उन्हें असह्य थी। वह तो सुबह से शाम का इन्तजार किया करते, जब वह नोट गिनें।

उन्होंने गिनेस की ड्टी ओ० पी० डी० से बदल दी। गिनेस जानता था कि अस्पतालों में रेजिडेण्ट एक तरह की स्टैपनी होता है। उसे कहीं भी, कभी भी इस्तेमाल किया जा सकता है।

ओ० पी० डी० में चक्रधर छोटे-मोटे रोगों वाले रोगियों को देखकर उपचार कर देता, लेकिन जरा भी तगड़ा आदमी नजर आते ही बड़ी बेहयाई से उससे कहता, 'शाम को डाक्टर साहब के बंगले पर आइए।'

उसके इस बेशर्म प्रचार से डाक्टर साहब कई बार विचित्र स्थिति में पड़े थे। एक बार तो उसने अस्पलाल में दाखिल एक मरीज को जबरन बंगले पर जांच के लिए भेज दिया।

बुधवार को डाक्टर साहब रोटरी क्लब की मीटिंग में जाया करते। अतः बुधवार शाम घर पर मरीज देखने के समय में थोड़ा अन्तर हो जाता!

ऐसे मौकों पर चक्रधर डाक्टर साहब की कुर्सी की दुरुपयोग कर आधे पैसों में मरीजों की जांच कर अपनी जेब गर्म कर लेता; पर वह भूल जाता था कि मिसेज गुप्ता की जासुसी उसकी चालाकी से बढ़कर थी। इस बात की पुष्टि होते ही उन्होंने उसे टोक दिया और डाक्टर गुप्ता से शिकायत भी की। तब कुछ दिन के लिए चक्रधर का शाम को क्लिनिक आने का सिलसिला बन्द रहा।

मिसेज गुप्ता गिनेस और शीतल बंडी को ज्यादा पसन्द करती थीं, जो अनावश्यक रूप से महत्त्वाकांक्षी नहीं थे। इसलिए जल्दबाज भी नहीं।

लेकिन शीतल बंडी इस बेगार की अपेक्षा अपनी शाम टेनिस-कोर्ट में बिताना पसन्द करता। वह तीन साल से टैनिस चैम्पियन था।

गिनेस चाहता था किसी तरह जल्द-से-जल्द एम० डी० कर हम अपने देश लौट जाएं। इसलिए वह फंस जाता।

उन्होंने हमें रहने के लिए एक छोटा-सा क्वार्टर भी दे रखा था। इसलिए जब मिसेज गुप्ता उससे आत्मीयता से बोलतीं वह सख्त न रह पाता। वह कभी अपने बच्चों की फोटो दिखातीं कभी चिट्ठियां सुनातीं। वह बड़ी बेताबी से सर्दियों का इन्तजार करतीं, क्योंकि बच्चे घर सर्दियों में ही आते। तब उनके स्कुल बन्द रहते।

तब वह सारा दिन व्यस्त रहतीं। कभी बच्चों को मार्निंग शो दिखा लातीं, कभी साफ्टी खिलातीं, कभी उन्हें लेकर शापिंग पर चल देतीं। कभी-कभी वह बच्चों को गिनेस के साथ कर देतीं।

उनके बच्चे बेहद प्यारे थे, गोलमटोल, गुदकारे। इतनी जल्द हिलमिल जाते। हमारे घर आकर ढेरों बातें करते, अपने स्कूल के मास्टरों की नकल निकालते, साथियों की शैतानी बता बताकर हंसते और कभी हम सब मिलकर खूब हो-हल्ला कर गाना गाते।

सुन्दर नाम थे उनके, आकार और आधार।

उन्हें घर आना अच्छा लगता, क्योंकि उन दिनों पढ़ना नहीं पड़ता था। नहीं तो घण्टी लगी—किताब खोलो, घण्टी लगी— खाना खाओ।

पर कभी-कभी वे सवाल करने लगते, 'अंकल ! जब आप छोटे थे, आपके डैडी आपसे बोलते थे !'

गिनेस डैडी को याद करने लगता, 'डैडी हरदम हमारे साथ रहते थे। मेरे लिए स्कूल-बस लगा रखी थी, फिर भी छुट्टी होने पर मुझे स्कूल के फाटक पर इन्तजार करते मिलते। किताबों में दिए लैसन मुझे बाद में याद होते, डैडी को पहले। सच पूछो, तो डैडी मेरे वेस्ट फ्रेण्ड थे।'

आकार बिगड़ जाता, 'और एक हैं हमारे पापा! जब देखो अस्पताल, क्लिनिक, विजिट, फोन। हमें स्टेशन से लाने और स्टेशन छोड़ आने के अलावा जैसे उनका हमसे कोई मत-लब नहीं।'

'पर मेरे डैडी इतने पैसे नहीं कमाते थे।' गिनेस बताता, 'हम चार भाई-बहन थे, चारों पढ़ते थे। डैडी ने कह रखा था, देखो, तुम्हें पढ़ाने और खाना खाने के अलावा फिलहाल हम कुछ अफोर्ड नहीं कर सकते। हाई स्कूल के बाद हम सब अपनी अपनी हिम्मत पर पढ़े। किसीको स्कालरशिप मिली गई, किसी को पार्टटाइम नौकरी। हमने दो जीन्ज पर वर्षों काटे हैं।'

आधार बड़ा था, 'पापा हमें रायल एजुकेशन दे रहे हैं। अगर कमाएं न तो कहां से दें?'

आकार कहता, फिर भी अंकल! आप इतने बड़े डाक्टर कभी न बनना कि डैडी बन ही न पाएं।'

मैं कहती, बेटे! एक अच्छी जिन्दगी के लिए अच्छे पैसों की भी जरूरत रहती है।'

आकार की समझ में न आतीं ये बातें, 'क्या फायदा पैसों का। रात ग्यारह बजे जब पापा कि क्लिनिक से उठते है, सारे सिनेमा-हाऊस, रेस्तरां, बाजार बन्द हो जाते हैं। उस समय वह इतने थके होते हैं कि न ठीक से खाना खाते है, न बात करते हैं, बस सो जाते हैं। उनसे उस वक्त कहा भी नहीं जा सकता कि कहीं चलो। रात ग्यारह बजे किसी के घर नहीं जा सकते, जब तक कि कोई फीस देकर ही न बुलाएं।'

ये सब बाते ऐसी थीं, जिनमें से कुछ बच्चे आप महसूस करते थे, कुछ उन्होंने ममी से सुनी थीं। वे इन असुविधाओं को महसूस करतीं, फिर भूल जातीं, क्योंकि इन्हीं असुविधाओं से सुविधाएं भी जन्म लेती थीं।

रोज रात पति की जेबें, पर्स खाली करते हुए वह अपने सारे शिकवे-शिकायतें भूल जातीं, फिर उन्हें सिर्फ वह शापिंग-लिस्ट याद रहती, जो कभी खत्म नहीं होती थी। उन्हें अपने कपड़ों पर बड़ा नाज था।

एक बार उन्होंने किसी पत्रिका में पढ़ा कि हेमा मालिनी रोज नई साड़ियां पहनती हैं, तो मुंह बिचका दिया।

उस दिन उन्होंने मिसेज मेंहदीरत्ता को यह बात बताते हुए कहा, 'इसमें कौन बड़ी बात है। हम तो बिना हड्डियां तुड़वाए रोज नई साड़ियां पहन लेते हैं।'

मुझे वह कई बार अपने साथ शापिंग पर घसीट ले जाती। मुझे तो खरीददारी की कोई झख नहीं थी, मात्र दर्शक बनी उनका वैभव देखती।

आश्चर्य की बात यह थी कि वर्षों से शापिंग करने वाली इस महिला को अभी तक इतना ही नहीं पता था कि उसे कौन-से रंग फबते हैं। शोख रंग की बड़े-बड़े छापे वाली कीमती साड़ियां उन्हें विशेष प्रिय थीं।

मेरा गुजारा तो चार मैक्सीज में बखूबी से चल जाता था। इससे ज्यादा कपड़े मुझे काटते थे, किन्तु रोज उन्हें नई साड़ी पहन कार में लदे-फंदे देख मुझे यह जरूर लगता था कि लो, आज इन्होंने फ्लू पहन रखा है, कल मलेरिया बांधी थी। वह नीली वाली शर्तिया न्यूमोनिया है और पीली वाली पीलिया। वह मदुराई सिल्क जरूर मीजिल्ज की सौगात है और वह हैदराबादी, हैजे की।

वह अपने पति की पूंजी इतनी अश्लीलता से खर्च करती

थीं कि कई बार अपनी ही सहेलियों में उपहास का विषय बन जातीं।

डाक्टर गुप्ता का हाल बदतर था। वह आदमी अपने क्षेत्र का इतना मर्मज्ञ होकर भी जीवन की मार्मिकता से नितान्त अछूता था।

बीमारियां उसे चिन्तित नहीं, आकर्षित करती थीं, क्योंकि ये उसकी प्रसिद्धि में चार चांद लगाती थीं। मरीज उसके लिए इन्सान नहीं, केस थे।

अस्पताल के सुपरिन्टेण्डेण्ट की हैसियत से डाक्टर गुप्ता बहुत कुछ कर सकते थे, वे कई अस्थायी कर्मचारियों को स्थायी करने का प्रयत्न कर सकते थे, असमर्थ मरीजों को बिस्तर मुहैया करा सकते थे, जमादारों को महंगाई भत्ता मंजूर करा सकते थे; लेकिन वे केवल अपनी निजी प्रेक्टिस को लेकर मशगूल रहते।

अस्पताल से आकर वह थोड़ी देर आराम करते, खाना खाते, फिर किसी-न-किसी मीटिंग में चले जाते। शाम की चाय खत्म होते न होते बरामदे से बुलावे आने लगते।

मौसम आते और चले जाते, उन्हें कोई खबर न होती। न बसन्त की उत्कण्ठा, न पतझड़ की उदासी।

आए दिन कीमतें बढ़तीं, लोग आन्दोलन करते, चुप किए,

जाते, लोग तकलीफ पाते, तिलमिलाते; लेकिन डाक्टर गुप्ता शान्त रहे आते।

उनके मकान की बाईं तरफ जगमगाती रहती, क्लिनिक आबाद रहता।

दाईं तरफ खाली रहती, क्योंकि मिसेज गुप्ता अकसर शाम को सज-धजकर अपनी सहेलियों के यहां पपलू खेलने जा चुकी होतीं।

जिन दिनों आकार, आधार घर आते उन दिनों अलबत्ता वह बच्चों के साथ शाम बितातीं।

महीनों बाद अचानक एक दिन यशा घर आ गई। उसके साथ एक बच्चा भी था। मैंने कहा, 'इतनी जल्दी यह भी तैयार कर लिया?'

'नहीं, यह भाभी का मुन्ना है।'

'यह क्या रक्षा के लिए भेजा गया है?'

'नहीं, जासूसी के लिए। उसने कहा और कहकर एकदम सतर्क हो गई।

मैं समझ गई। मैंने सिस्टर एल्सी के गुडडू को आवाज लगाई और बच्चे को उसके साथ खेल में लगा दिया।

मेरे पूछने के पहले यशा आप फूट पड़ी, 'मैंने बड़ी गलती की जय! जो तेरे नक्शे-कदम पर नहीं चली। मां ने भूख-हड़ताल कर दी। लिप्पी-सा मुंह निकालकर दादी आगे आ गईं। बाबूजी ने जल्दी-जल्दी रिश्ता तय कर चटपट ब्याह कर दिया कि कहीं मैं मुसलमान न हो जाऊं। बनिया जाति का

पतन न हो जाए।

'उन्हें तेरी प्रेम कहानी की भनक कैसे मिली?'

'तुझे पता है न! उस साल छात्र-आन्दोलन के कारण सभी कालेज महीनों बन्द पड़े रहे। उन दिनों मोहम्मद मुझे घर के पते पर पत्र लिखता था। लिफाफे के ऊपर फरीदा के नाम से दस्तखत कर देता था। एक बार लिफाफा कुछ भारी लगने पर बाबूजी को शक हो गया। उन्होंने चिट्ठी खोल ली। बस, फिर क्या था। घर में ऐसा कोहराम मचा, वह मेरी लानत-मलामत हुई कि मैं जीते-जी मर गई।'

'और तेरा मोहम्मद! कुछ भी न किया उसने?'

'उसी खत में उसने यह लिखा था कि वह मेरा टिकट भेजने वाला है। उसने लिखा था पासपोर्ट के लिए क्या करना होगा, वीजा कैसे मिलेगा। वह चिट्टी खलनायकों के हाथ लग गई। मुझे क्या कुछ न कहा उन्होंने? अपनी ही औलाद को कम्बख्त, कुलच्छनी, कलंकिनी कहते उन्हें कुछ भी न लगा। धर्म की वेदी पर न चढ़ाया बकरा, चढ़ा दी बेटी।'

'पर तू तो ऐसी बकरी कभी भी न थी यशा!'

'इस वक्त सब कुछ समझ आ रहा है जय! उस वक्त मेरे सामने अन्धेरे और अनिश्चय के सिवा और था भी क्या? फिर स्टेट्स में पोस्टल स्ट्राइक हो गया। मोहम्मद से सम्पर्क टूट गया। घरवालों ने अपने आंसुओं में मेरे सारे अरमान डुबो दिए। मेरा मजनूं तेरे रांझा की तरह दिल्ली में बैठा होता, तो मैं भी छलांग मारकर पहुंच जाती। वह बहुत दूर था। अपनी मोहब्बत की पैरवी करने भी नहीं पहुंच सका।'

'लेकिन यशा! मुझे यकीन नहीं होता कि इतनी पढ़ी-लिखी होने पर भी तू गाय-भैस की तरह हांक दी गई। तेरी मर्जी-नामर्जी कुछ नहीं चली?'

'तू क्या सोचती है, पढ़ना-लिखना लड़कियों के पैर लगा देता है या पर? हम लाख एम० ए० हो जाएं, पी० एच० डी० हो जाएं। परम्पराएं जब मां-बाप, ताई-चाची की शक्ल में सामने आती हैं, तब सब भूल जाता है, फिर मेरे घर का माहौल तूने देखा तो था। मरखनी मां और कटखनी दादी मुझे जीते-जी खा गईं।

बड़ी देर हम बोझ तले दब गए। मेरी समझ में नहीं आ रहा था कैसे उसे सांत्वना दूं, क्या कहूं कि वह पहले जैसे अल-मस्त यशा हो जाए!

तभी मैं जागी, 'मेरे ममी-पापा मिलते हैं, कैसे हैं?'

'हां, मिले थे। अभी पिछले महीने। ठीक हैं। तुझे बहुत याद करते हैं। उन्होंने तो तुझे कब का माफ कर दिया। तू लिखती क्यों नहीं उन्हें। वह बड़े खुश होंगे।'

एकाएक मन में चिलक-सी उठी। इस वक्त ममी क्या कर रही होंगी? मूढ़ पर बैठी स्वेटर बुन रही होंगी? पापा क्या कर रहे होंगे? चाय पी रहे होंगे। घर में वैसे ही सुबह होती होगी। रेडियो और अखबार के साथ-साथ वैसे ही रात होती होगी। दूध की बोतलों के कूपन और बन्द दरवाजों के साथ-साथ।

जिन्दगी वही होगी, केवल दीवारों पर कैलेण्डर बदल गए होंगे। मन फड़-फड़ करने लगा। मेरे बिना उन्होंने जीना कब

और कैसे सीख लिया? क्यों नहीं डा़ला एक भी खत? क्यों कभी खोज-खबर न ली?

जब गिनेस अस्पताल से लौटकर आया, तब हम दोनों को एक विचित्र भारीपन में डूबे पाया। एक सागर-पार प्यार की वहशियाना तलाश में गमगीन, दूसरी मां और बाप की हुड़क से हिली हुई।

गिनेस हर स्थिति बहुत आसानी से और जल्द भांप लेता था। वह चुपचाप साथ बैठ गया।

'आपके पति क्या करते हैं?' गिनेस के सवाल ने हम दोनों को वर्तमान में लौटा दिया।

'लोहे का कारोबार। फरीदाबाद में फैक्ट्री है। कनाट प्लेस में शो-रूम।'

उसके पति के उद्योग-संस्थान का नाम था, 'खण्डेलवाल शटर्ज'। उनके यहां के न केवल शटर्ज, वरन अलमारियां, आफिस-कैबिनेट, तिजोरियां आदि पूरे भारत में प्रसिद्ध थे। वह तीन भाई थे, तीनों खानदानी कारोबार में लगे हुए थे।

'इसका मतलब तु तो बड़े घर पहुंच गई हैं।' मैंने कहा।

'हां, वाकई बड़े घर पहुंच गई हूं।' वह हंसी। एक खरोंच खाई हंसी, जिसमें अन्तर के आंसू डबडबा रहे थे।

'ऐसा है, यशा! जीवन में समझौता भी करना पड़ता है

कई बार। अगर साथी अच्छा हो, तो समझौते आसान हो जाते हैं।'

'हां, तुम्हें अपना साथी मिल गया। अब समझौते मुझे ही सिखाओगी। अपनी अण्टी गर्म हो, तो त्याग की बातें बड़ी सुहाती हैं।'

'पर तुम कर भी क्या सकती हो?'

तभी यशा का ड्राइवर अन्दर आया, 'बहूजी! दोनों बच्चे बार-बार बोनेट पर चढ़ रहे हैं।'

गिनेस ने हमारे बैठे-बैठे ही काफी तैयार कर ली थी। पहला प्याला ड्राइवर को पकड़कर बोला, 'चढ़ रहे हैं तो उतार दो। तुम्हारी बहुजी बरसों बाद अपनी सहेली से मिली हैं। लो काफी पियो।'

ड्राइवर चला गया; पर कुछ ही देर में खाली प्याला ले वापस आ गया, 'बहूजी! बाबूजी ने तीन बजे गाड़ी मंगवाई थी।'

यशा उठ दी।

डाक्टर गुप्ता के पिता को अचानक दिल का दौरा पड़ा। वह हिण्डौन के पास गांव में रहते थे। खबर लगने पर डाक्टर गुप्ता गांव चले गए।

उन्होंने पत्नी से परामर्श कर तय किया कि पिताजी को

जल्द-से-जल्द यहीं ले आया जाए, ताकि ठीक से इलाज भी हो जाए और उनके काम में भी खलल न पड़े।

मिसेज गुप्ता को सन्देह था कि पिताजी दिल्ली आना पसंद करेंगे। एक बार पहले उन्हें दिल्ली लाया गया था; पर वह यहां इतने खिन्न हुए थे कि सप्ताह भर में वापस चले गए।

जिस दिन डाक्टर गुप्ता रवाना हुए थे, उसी दिन मिसेज़ गुप्ता ने मेरी ड्यूटी अपने घर पर लगा दी।

करना कुछ नहीं था, रात उनके यहां सोना था, ताकि उन्हें एकान्त न अखरे। उन जैसी औरत को एकान्त का कोई अहसास भी होगा, यह एक शोध का विषय था; पर वह अपने हक का इस्तेमाल तो करना जानती ही थीं और हम सब इस हद में आते थे।

मैंने बताया, तो गिनेस हिचकिचाने लगा, 'यह तो सरासर अन्याय है। तुम उनके पास सोने क्यों जाओगी? उन्हें किस बात का खतरा हो सकता है। खतरे का वक्त तो कब का गुजर चुका है। उन्हें नहीं मालूम। उनका डील-डौल देखकर तो डकैत भी डर जाएं। बस, रौब गालिब करने की आदत पड़ी है।'

खैर जाना तो था ही। मैं रात दस बजे उनके बंगले पर चली गई।

गर्मियों के दिन थे, बच्चे शिमला में थे। डाक्टर साहब के यहां निजी नौकर एक भी न था। अस्पताल के ही चपरासी, वार्ड-बाय और आया काम कर दिया करते। रात में सब अपने-अपने क्वार्टर में चले जाते।

मिसेज़ गुप्ता कुछ देर बैठी बातें करती रहीं। उनका प्रिय

विषय था, जिन डाक्टरों की बीवियां डाक्टर हैं, उनके घर कितने बेढंगे हैं।

वह डाक्टर प्रधान की खामियां बताने लगीं। उनके अनुसार उनकी पत्नी सारे शहर के बच्चे पैदा करने में इतनी व्यस्त थीं कि उन्हें अपना वच्चा पैदा करने की फुरसत ही नहीं मिल रही थी।

उन्हें मुखर्जी डाक्टर-दम्पति भी नापसन्द थे, क्योंकि उन्होंने पिछले साल नौकरी छोड़ निजी क्लिनिक शुरू कर लिया था। वह कह रही थीं कि निजी नर्सिंग होम, नाजायज बच्चे पैदा करवाने के अलावा और करते ही क्या हैं।

अपने पति के कार्य-क्षेत्र में ही उन्होंने अपने आदर्श ढूंढ़ निकाल रखे थे। उनका कहना था कि डाक्टर गुप्ता के कारण ही यह चालीस बिस्तर वाला अस्पताल आज चार सौ बिस्तर वाला बन सका है।

तत्पश्चात् मिसेज गुप्ता ने नर्सों की अनैतिकता पर एक संक्षिप्त प्रवचन दिया। उठते-उठते वह बोलीं, 'अब तो नर्सें भी प्राइवेट प्रेक्टिस करने लगी हैं। ड्यूटी से छुट्टी लेकर घरों में जचगी करा देती हैं। बताओ, इनका कोई ईमान है?'

फिर वह कमर पर चाबियों का गुच्छा हिलातीं, सारे दरवाजे बन्द करती हुई अपने कमरे में चली गई।

मुझे उन्होंने स्टडी में दीवान दे दिया था। नींद बिलकुल नहीं आ रही थी, बल्कि चाय पीने की इच्छा हो रही थी; पर मैंने मिसेज़ गुप्ता को रसोई में ताला लगाते देखा था। इतने ताले वह क्यों लगाती है, मैंन सोचा, जबकि फाटक पर हर वक्त

चौकीदार तैनात रहता है।

मेज पर बहुत-सी नई पुरानी पत्रिकाएं बिखरी थीं। कई मैडिकल जनरल भी थे। मैं पत्रिकाएं देखने लगी।

बीच में कुछ डाक व फुटकर कागज भी शामिल थे। लगता था आज की डाक अभी छांटी नहीं गई थी। टेलीफोन बिल था चार सौ पचहत्तर रुपये का।

पत्रिकाएं पढ़ते-पढ़ते आंख लग गई।

सुबह उठने पर पाया, मिसेज़ गुप्ता पहले से ही उठी हुई थीं।

छूटते ही बोलीं, 'जया! रात तुम बिजली बन्द करना भूल गई थीं?'

बात सच थी, लेकिन अच्छी नहीं लगी।

मैंने जाने की अनुमति मांगी।

'चाय पी लो, तब जाना।'

मैं जल्द-से-जल्द घर जाकर गिनेस के साथ चाय पीना चाहती थी; पर यह बात उनसे कही नहीं जा सकती थी।

दुविधा में फंसी मैं वहां बैठ गई।

मिसेज़ गुप्ता ने स्वयं चाय बनाई। पत्ती, चीनी दूध मिलाकर।

चाय पीते हुए वह लगातार भुनभुनाती रही, 'डाक्टर साहब को देखो, वहां जाकर बैठ गए हैं। उन्हें जरा खयाल नहीं, यहां कितना हर्ज हो रहा है, सैकड़ों मरीज लौट रहे हैं। अब पिताजी की उम्र ही है बीमार रहने की। वह चाहें उनका बेटा उन्हें फिर से जवान बना दे, यह तो हो नहीं सकता। उन्हें परहेज से रहना

चाहिए। खा लिया होगा कुछ अनाप-शनाप। शुरू के चटोरे हैं, फिर गांव का रहन-सहन एकदम बेसलीका। बीमार न होंगे तो क्या होंगे?'

मुझे अपने सामने बैठी इस मुटल्ली ममत्त्वहीन महिला से विरक्ति हो रही थी, जो मेरे पति के बास की बीवी थी।

'डाक्टर साहब कोई बच्चे नहीं हैं, जानते हैं सात सौ रुपये रोज का नुकसान हो रहा है, फिर भी न तार दिया, न फोन कि कब आ रहे हैं ···।'

रुपया, रुपया, रुपया, इस औरत के अन्दर दिल की जगह सिल रखी थी शायद। इसे और कुछ सूझता नहीं था, नफे-मुकसान के सिवा। सारे सम्बन्ध इसे बन्धन लगने लगे थे। मिसेज गुप्ता का बस चलता तो स्वयं रोगियों को देख डालतीं।

उनकी बड़बड़ाहट का मर्म यह था कि उन्हें शिमला जाने के लिए गाड़ी की टंकी पेट्रोल से फुल करवानी थी, टेलीफोन का बिल अदा करना था, बच्चों के लिए मेवे और गर्म कपड़े खरीदने थे, दर्जी का बिल पे करना था। क्या डाक्टर साहब समझते हैं, इस सबके लिए बैंक खाली कर दिया जाए?

कैसी भव्य गरीबी थी उनकी! कैसी शानदार झुंझलाहट!

मैं जैसे-तैसे उनसे छुट्टी पाकर घर आई। अपने घर की रोशनी और हवा में पहुंच तीन-चार गहरी सांसें लीं।

गिनेस अस्पताल जाने के लिए तैयार हो रहा था। मैं उससे ऐसे कसकर लिपट गई, मानो बरसों की बिछड़ी हूं।

गिनेस आजकल चिल्ड्रेन-वार्ड में छत्तीस बिस्तरों का इंचार्ज था। सभी बिस्तर भरे थे।

तरह-तरह के रोगों से ग्रस्त बच्चे भरती थे, जिनमें से दो की हालत चिन्ताजनक थी। एक बच्चे के मूत्र में रक्त आ रहा था। उसके एक्सरे में पथरी का पता चला था।

आपरेशन होना अनिवार्य था। मुश्किल यह थी कि इतने छोटे बच्चे में इतने बड़े आपरेशन से मृत्यु की आशंका बहुत बढ़ जाती थी। एक इंजेक्शन इस आशंका को चालीस प्रतिशत कम कर सकता था; किंतु वह शहर में उपलब्ध नहीं था। बच्चे के मां-बाप दौड़-धूप कर रहे थे, लेकिन घबराहट के सिवा कुछ हाथ नहीं लग रहा था।

बच्चे को दवाओं के भरोसे टिका रखा था। डाक्टर गुप्ता ने बम्बई के सरकारी अस्पतालों से भी सम्पर्क स्थापित किया था कि यदि वहां यह प्राणदायी इंजेक्शन उपलब्ध हो तो तत्काल भिजवाया जाए।

बारह नम्बर बेड का रोगी, बावजूद सारे उपचार के, सुबह दम तोड़ गया। सड़क-दुर्घटना में उसके सिर में चोट आई थी। रक्तस्राव कहीं नहीं हुआ; लेकिन बच्चा बच नहीं पाया। वह बेहोशी की हालत में अस्पताल लाया गया और बेहोशी की हालत में ही चल बसा।

कुछ बालकों के परीक्षण चल रहे थे। इक्कीस नम्बर बेड पर छह साल का कृशकाय बालक राजू था, जो पेट-दर्द से रह-रहकर बिलबिला उठता। उसका दाखिला अभी रात में ही हुआ था। उसके माता-पिता प्राइवेट वार्ड चाहते थे; लेकिन

प्राइवेट वार्ड में कोई कमरा खाली न था।

उन्हें समझाया गया कि जनरल वार्ड में बालक को भरती कर देने से कोई अन्तर नहीं पड़ेगा। वही डाक्टर वहां उपचार करते हैं, जो प्राइवेट वार्ड में करते हैं।

थोड़ी नाक-भौं सिकोड़कर बालक के माता-पिता इस आश्वासन पर तैयार हो गए कि जैसे ही प्राइवेट वार्ड में जगह खाली होगी, उनका बच्चा वहां शिफ्ट कर दिया जाएगा।

बच्चा पेट-दर्द से व्याकुल था। पेट-दर्द एकाएक उठता और उसका सभूचा शरीर ऐंठ जाता। नाभि के आसपास कड़ापन था। भरती करने के बाद बच्चे के प्रारम्भिक परीक्षण शुरू किए गए। मल की जांच में कोई गड़बड़ी नहीं निकली।

अपेण्डिसाइट्स का अन्देशा होने से बेरियम मील एक्सरे भी किए गए; पर उसकी प्लेट्स देखकर कुछ क्षण को डाक्टर भी चक्कर में पड़ गए। आमतौर पर सूजा हुआ अपेण्डिक्स अलग से नजर आ जाता है; किन्तु यहां तो बच्चे की पूरी-पूरी आंत ही एक मोटे रस्से की तरह सूजी हुई थी।

डाक्टरों ने संयुक्त रूप से सलाह की कि बगैर बेरियम के भी एक्सरे लेकर देखा जाए, तभी किसी फैसले पर पहुंचा जा सकता है।

बच्चे को जब-तब पेट-दर्द कम करने की दवाएं दी जा रही थीं; लेकिन उसके मां-बाप असन्तुष्ट थे। उनके अनुसार इलाज बहुत धीमे हो रहा था।

'पूरे दिन में दो-चार गोलियां खिला देते हैं, बुखार देख लेते हैं, बस।'

वे शिकायत करते। जब भी बड़े डाक्टर राउण्ड पर आते, वे बताते कि जनरल वार्ड में बच्चे को कितना कष्ट है और उन्हें प्राइवेट कमरा मिलना कितना जरूरी है।

गिनेस अपने मरीजों से भरसक प्यार और सहानुभूति से बातचीत करता; पर मरीज के सेवकों के चोचलों से उसका अच्छा-भला मूड खराब हो जाता।

इक्कीस नम्बर बच्चे के माता-पिता के कपड़े अन्य मरीज़ों के अभिभावकों की तुलना में ज्यादा साफ थे, इसी हौसले पर वे डाक्टर के निकटतम आने की कोशिश करते, सवाल पर सवाल करते। यहां तक कि राउण्ड लगा चुकने के बाद, जब गिनेस अपना आवश्यक दैनिक कार्य शुरू करता, बच्चे की मां कोई निहायत मामूली बात पूछने टपक पड़ती।

'डाक्टर साहब ! राजू को खाने को क्या दे सकते हैं ?'

'सब दे सकते हैं।'

'घर पर खिचड़ी खिला रहे थे, खिचड़ी खिला सकते हैं ?'

'खिला सकते हैं।'

'डाक्टर साहब ! मौसम्मी का रस नुकसान तो नहीं करेगा ?'

'नुकसान नहीं करेगा।'

'दे सकते हैं ?'

'हां दे सकते हैं।'

'डाक्टर साहब ! उसमें चीनी डाल या ग्लूकोज ?'

'कुछ भी डाल सकते हैं।'

'डाक्टर साहब ! ग्लूकोज कितना डालें ?'

गिनेस भड़क जाता, 'आपको इतना भी नहीं पता, तो चाय में चीनी और दाल में नमक कैसे डालती हैं?'

पिता अलग शिकायतों का रजिस्टर था।

'डाक्टर साहब! यहां सफाई की बड़ी कमी है।'

'क्या करें? भीड़ देख रहे हैं।'

'नहीं, डाक्टर साहब! स्टाफ कामचोर है। सुबह से वार्ड में सिर्फ एक बार झाड़ू लगी है।'

'स्टाफ पर काम ज्यादा है।'

'सरकारी कर्मचारी काम तो करना जानते ही नहीं।'

इस प्रकार का उच्चता-प्रदर्शन बहुत बुरा महसूस होता। अपने को अपने वर्ग से ऊंचा समझकर सबको हेय दृष्टि से देखना मरीज के अभिभावकों में बहुधा झलकता।

जबकि वार्ड में फिनाइल की गन्ध के अलावा प्रायः अन्य कोई गन्ध न थी, इक्कीस नम्बर मरीज की मां अकसर नाक पर रूमाल रखे बैठी मिलती। माता-पिता के बावजूद बच्चा अच्छा, खुश और को-आपरेटिव था। वातावरण की नवीनता के कारण प्रफुल्ल भी रहता। आस-पास के बच्चों को देखते-देखते उसका समय बखूबी निकल रहा था। कई एक्सरे लेने पर यह तय हो ही गया कि उसके पेट में कुछ वृहताकार कीड़े आंतों में लिपटे पड़े हैं। उन्हें निकालने की दवाएं दी जा रही थीं।

अस्पताल के चतुर्थ श्रेणी कर्मचारियों पर काम का बेहद बोझ था। एक तो उनकी संख्या जरूरत के हिसाब से थोड़ी थी, दूसरे उनमें से कई छुट्टी पर चल रहे थे। फिर उनकी सफाई का अर्थ तब था, जब उनके द्वारा डम्प किया कूड़ा नगरपालिका का ट्रक समय पर आकर बटोर ले जाए, अन्यथा वह कूड़ा और अधिक प्रदूषण फैलाता।

डाक्टर प्रायः इन स्थितियों को समझते हुए सफाई कर्मचारियों से उलझते नहीं थे। वे देखते थे कि ये लोग हर समय काम में जुटे रहते हैं। तरह-तरह के स्वभाव व आदतों वाले लोगों के बीच सफाई का कोई मानदण्ड निर्धारित करना मुश्किल काम था। जनरल वार्ड में इसलिए सफाई रखनी इतनी आसान न थी, किन्तु प्राइवेट वार्ड में भी सफाई की पूरी जिम्मेदारी केवल कर्मचारियों की समझी जाती।

मरीज व उनके अभिभावक कुछ इस अधिकार से कूड़ा

फैलाते, जैसे वे अस्पताल में न होकर धर्मशाला में हों। सन्तरे खाकर छिलके व बीज कमरे में कहीं भी डाल देना, कमरे में ही गीले कपड़े सूखने को फैला देना, घर से लाए बिस्तरों, तौलियों की भरमार और ट्रांसिस्टर चला छोड़ना, बिलकुल आम बातें थीं। ये लोग गन्दगी फैलाना और गन्दगी रखना अपना जन्म-सिद्ध अधिकार समझते।

वक्त-बेवक्त वार्ड में से आया, जमादार, वार्डब्वाय को आवाजें पड़ती रहतीं। सफाई-कर्मचारियों को इतना वक्त भी न मिलता कि वे चैन से दोपहर की रोटी खा लें। काम के आधिक्य से उनके स्वभाव में भी एक ठण्डी उदासीनता घर कर गई थी। वे मानकर चलते कि चाहे वे कितनी सफाई करें, सुनना उन्हें तब भी पड़ेगा।

जनरल वार्ड के बाहरी दरवाजे के गलियारे में लाइन से चार गुसलघर व चार पाखाने बने थे। जो रोगी चलने-फिरने की हालत में होते वे उठकर यहां तक चले आते, जो उठने में असमर्थ होते, उन्हें बिस्तर पर 'पाट' दिया जाता; लेकिन अस्पताल में महज दाखिल हो जाने पर ही मरीज की सामान्य मानसिकता असमर्थता के अहसास से भर जाती और प्रायः वह अपने को असलियत से ज्यादा रुग्ण और अशक्त महसूस करता। फिर प्राइवेट वार्ड में यह और ऐसी कई बातें लोगों ने प्रतिष्ठा-प्रश्न बना रखी थीं।

चलने-फिरने की हालत में होने पर भी मरीज के अभिभावक आया को ही आवाज लगाते। ऐसा ही बावेला उस दिन मचा जब चार बजे शाम यकायक प्राइवेट वार्ड में एक मरीज के

अभिभावक की आया से लड़ाई हो गई।

पैंतालीस नम्बर से आवाज पड़ी, 'आया!'

आया नहीं आई। चार बजे ड्यूटी बदलने का समय होता था। शाम की ड्यूटी वाली आया आने ही को थी; लेकिन सुबह वाली आया दुलारी अपने को आफड्यूटी मान हाथ-पैर धो चुकी थी।

एक-दो आवाजें और पड़ीं। तुरन्त बाद पैंतालीस नम्बर से दनदनाता हुआ अभिभावक प्रकट हुआ। वह गलियारे के उस कोने में पहुंचा, जहां आमतौर पर जमादार, जमादारिनें अपना झोला, चप्पल वगैरह रखे रहते। उसने पाया कि दुलारी जमादारिन दीवार से टिकी बैठी तम्बाकू, चूना और सुपारी का विधिवत सेवन करने जा रही है।

'आवाज नहीं सुनी तुम्हें?'

'साब! हम आफ हो गई हैं। दूसरी जमेदारिन आती होगी।'

'आफ की बच्ची! तुमने जवाब क्यों नहीं दिया? हम कब से गला फाड़-फाड़कर बुलाते थे।'

'अच्छा अच्छा, ज्यादा किट-किट मत करो! हम छुट्टी पायी गई हैं। हम न आएंगी।'

'अरे, तुम क्या, तुम्हारे बाप को भी आना पड़ेगा। कूड़े की वाल्टी मैं उठाऊंगा। दो पैसे की लौंडी जुबान लड़ाती है।'

अब तक अगल-बगल के कमरों से ऊबे बैठे अभिभावकों की एक छोटी भीड़ घटनास्थल पर इकट्ठी हो गई थी।

दुलारी अब तक तमतमा उठी थी। बाप-दादा का जिक्र

उसका खून खौला देता था।

'साब ! जुबान संभालकर बोलो। नहीं अच्छा न होगा।'

'देखा, इसका दिमाग ! हमें धमकी दे रही है। इसे पता नहीं है किससे बात कर रही है। क्लास वन अफसर हैं। कान पकड़कर बाहर न कर दिया तो ... ?'

दुलारी सामने आ गई, 'पकड़ो तो कान, हिम्मत है तो ?'

चटाक अभिभावक ने तमाचा जड़ दिया। वह क्रोध में कांप रहे थे, 'अंग्रेज चले गए, अपनी औलाद छोड़ गए। दो कौड़ी की भंगिन आफ हो गई है, कूड़ा नहीं फेंक सकती। बाथ-रूम उसका बाप साफ करेगा। हम पैंतीस रुपये रोज देते हैं और यह हमें आफ और आन का मतलब सिखाने चली है।'

किसी ने जाकर बाकी जमादारों को खबर कर दी। अभी-अभी छुट्टी पाए जमादार-जमादारिनें वार्ड तक आ पहुंचे। मंकू दुलारी का भाई लगता था। स्थिति पता चलते ही भड़क गया, ऐ, सा'ब ! सारी अफसरी झाड़ू से बुहार कर धर देंगे। नहीं करेंगे सफाई। देखें, क्या बिगाड़ लोगे ?'

जिन जमादारों की ड्यूटी बदली थी वे आ गए थे; लेकिन काम शुरू करने के बजाए सब लड़ाई में शामिल हो गए थे।

कई अभिभावक पैंतालीस नम्बर की तरफ हो गए। वे तरह-तरह के आरोप लगाने लगे।

'सुबह से हमारे मरीज को मुंह धोने को गर्म पानी नहीं मिला।'

'हमारे कमरे में शीशी में रखी चीनी कल गायब हो गई।'

'हमारे मरीज को गर्म पानी की बोतल नहीं मिली।'

'क्या बताएं, इतने पैसे आदमी अपने आराम के लिए खर्च करता है। यहां तो जमादारों से झिकझिक खत्म नहीं होती। आराम कैसे नसीब हो!'

मैकू, पुरुषोत्तम, ठकुरा, बड़का सबका खून खौल रहा था। प्यारे जाकर डाक्टर को बुला लाया। शीतल बण्डी ड्यूटी पर था।

उसके आने पर पैंतालीस नम्बर ने अंग्रेजी में बोलना शुरू कर दिया।

बण्डी ने ध्यान से सुना। उस आदमी का महकमा, पद और पता पूछा। पैतालीस नम्बर बोला, 'ए० जी० सी० आर० में एकाउण्ट आफीसर हूं। जितनी इस जमदारिन की तनखा होगी, उससे ज्यादा मेरे मकान का किराया होगा। माडल टाउन जन-सेवा-समिति का संयुक्त मन्त्री हूं···।'

बण्डी ने कहा, 'देखिए, आप संयुक्त मन्त्री हैं। कल को मंत्री हो जाएंगे, लेकिन यह जमादारिन पन्द्रह साल पहले जब भरती हुई, तब भी जमादारिन थी, आज भी जमादारिन है। और इसी पद पर रिटायर हो जाएगी। आप इनसे उतनी कार्य-क्षमता की उम्मीद कैसे कर सकते हैं?'

'यानी कि आप भी मुझे समझा रहे हैं? अजब जमाना आ गया है। इन्साफ की बात कोई नहीं करता। सब इन्सा-नियत के पेट-दर्द से मरे जा रहे हैं।'

प्यारे बोला, 'जब भी किट-किट होती है, पराइवेट से ही होती है। ऐसा ही होगा, तो कल से पराइवेट का काम न होगा।

कहे देते हैं सरकार!'

सबने हां-में-हां मिलाई, 'हां, कल से काम न होगा।'

पैंतालीस नम्बर उछल-उछलकर चिल्लाने लना, 'मैं तुम्हारी शिकायत सुपरिटेंडेंट से कर दूंगा। तुम्हें होश आ जायगा।'

'कर दो शिकायत। हम किसीसे नहीं डरते।' पुरुषोत्तम बोला।

'तुम सबने समझ क्या रखा है? मैं स्वास्थ्यमंत्री तक पहुंच जाऊंगा। एक-एक को न निकाल दिया, तो मेरा नाम श्याम सुन्दर नहीं।'

बण्डी ने जमादारों को तितर-बितर किया और बात डाक्टर गुप्ता को बतला दी।

डाक्टर गुप्ता सतर्क हो गए। चतुर्थ-श्रेणी-कर्मचारियों का कोई भी आन्दोलन अस्पताल को महंगा पड़ता था। उनकी मौजूदगी का मूल्य जो हो, उनकी गैरमौजूदगी का मूल्य बहुत भारी था। उनकी गैरहाजिरी में अस्पताल में अव्यवस्था हो जाती थी। गन्दगी के मारे वहां सांस लेना दूभर हो जाता।

अगले दिन सफाई-कर्मचारी काम पर आए; लेकिन उन्होंने समस्त प्राइवेट वार्डों का वहिष्कार कर दिया। प्राइवेट वार्ड से लगातार शिकायतें मिलती रहीं, मरीजों और उनके सेवकों

की। अन्ततः जब उन्होंने देखा कि जमादारों पर रोब नहीं चल रहा है, वे चुपचाप जनरल वार्ड के शौचालय इस्तेमाल करने लगे।

फिर भी सफाई के बिना वार्ड एकदम भिनक गए। कमरों तक पेशाब की गन्ध बस गई और बिना झाड़े-पूंछे फर्श भंद्दे लगने लगे। वार्ड की सारी शान मिट्टी में मिल गई।

कड़ा कहीं भी जमा हो, तो दुर्गन्ध फैलाता है, फिर अस्पताल का कूड़ा। सनी हुई रूई, काटे हुए पलस्तर, खून-मवाद से भरी पट्टियां, थूक के और बलगम के थक्के, खाली शीशिथां, डब्बे और नालियां मिल-जुलकर एक अजब गन्ध की सृष्टि करने लगे।

डाक्टरों के लिए राउंड लगाना मुहाल हो गया।

दूसरे रोज न जाने किस तरह पैंतीस नम्बर के शौचालय में कुछ फंस गया। कुछ ही देर बाद पैंतीस नम्बर के गुसलघर से सड़ा हुआ पानी बह-बहकर गलियारे में आने लगा और आस-पास के कमरों में फैल गया।

अब घबराहट भी फैलने लगी। गन्दगी पहले ही से फैली हुई थी। हर एक गुसलघर में कूड़े, कचरे क्षीर गन्दगी का ढेर था। इस बदबूदार पानी से मिलकर यह सब बिखरने लगा।

मरीज हक्का-बक्का रह गए। जो उठने-बैठने में असमर्थ थे, उन्हें तत्काल जनरल वार्ड में भेजा गया। जिनके आपरेशन अभी नहीं हुए थे, उनमें से निरापद मरीजों का आपरेशन स्थगित किया।

अस्पताल में बेहद गड़बड़ी मच गई।

डाक्टर गुप्ता ने सफाई कर्मचारियों को बुलाकर अपील की कि वे नासमझी से काम न लें। रोगियों का संकट समझ वापस काम पर आएं; पर कर्मचारियों ने मामला यूनियन के सुपुर्द कर दिया था।

ज्यादा कहने-सुनने का नतीजा यह हुआ कि अस्पताल की दीवारों पर खड़िया से लिखा जगह-जगह नजर आने लगा। 'डाक्टर गुप्ता मुरदाबाद !' 'डाक्टर गुप्ता हाय-हाय !'

डाक्टर गुप्ता को इस तरह के शोर-शराबे से चिढ़ थी। वह शान्त भाव से अस्पताल चलाने के आदी थे। जबकि बात एक एकान्तिक उदाहरण से शुरू हुई, अब इसमें ढेर सारे मुद्दे मिला लिए गए थे और इसे व्यापक हड़ताल का रूप दे दिया गया था।

सफाई-कर्मचारियों ने जो मांग पत्र डाक्टर गुप्ता को पकड़ाया, उसमें निम्न बातें थीं :

(१) सफाई-कर्मचारियों के साथ डाक्टरों, मरीजों, सेवकों का दुर्व्यवहार बन्द हो।

(२) उनके काम के घंटे निर्धारित हों, व उन पर कड़ाई से अमल हो।

(३) अतिरिक्त कार्य-घंटों के लिए ओवरटाइम की व्यवस्था हो।

(४) उनका वेतन-मान रिवाइज किया जाए।

(५) उनके पद पर पेन्शन की सुविधाएं उपलब्ध कराई जाएं, आदि-आदि।

इन सब मांगों की पूर्ति अकेले डाक्टर गुप्ता के बूते की

बात नहीं थी। इस पर स्वास्थ्य-विभाग का विचार करना जरूरी था।

गिनेस और उसके साथियों की सफाई-कामगारों से गहरी हमदर्दी थी; लेकिन वे भी इस तरह अस्पताल का काम ठप्प हो जाने से खिन्न थे। हर प्रकार के इन्फेक्शन का खतरा बढ़ता जा रहा था।

बहुत से मरीज यह अस्पताल छोड़कर अन्य अस्पतालों में दाखिल हो गए थे। कुछ घर चले गए थे। सिर्फ जो बहुत ही मजबूर थे, रह गए थे।

एक नहीं अनेक बार गिनेस सफाई-कर्मचारियों से मिला और बातचीत की। उसका कहना था कि इस प्रकार काम जाम करने से वे एक बड़े काम में बाधा बन रहे हैं। उन्हें हड़ताल के अलावा और कोई उपाय सोचना चाहिए।

वह उनकी मांगों से सहमत था; किन्तु तरीके से असहमत। सभी नौजवान डाक्टरों की राय थी कि सफाई कर्मचारियों को मरीजों की जानों से खिलवाड़ करने का कोई हक नहीं। यह एक सैद्धान्तिक मतभेद था।

एक दिन यशा सुबह-सुबह आ गई। गिनेस तभी अस्पताल गया था और मैं आराम से धूप में बैठी अखबार पढ़ रही थी।

वह डाक्टर की सलाह पर जांच के लिए आई थी। दो-

तीन बार प्राइवेट सलाह दे देने के बाद डॉक्टर ने एक परीक्षण बताया था, जो अस्पताल में ही सम्भव था।

उसे दो माह का गर्भ था; लेकिन साथ ही रक्तस्राव शुरू हो गया था।

मैंने कहा, 'तुझे तो बिस्तर पर होना चाहिए, तू यहां क्या कर रही है?'

'डाक्टर ने खास तौर पर बुलाया था।'

'पर तू अकेले कैसे, तेरा चौकीदार कहां है?'

'चौकीदार फैक्टरी गया है और चौकीदारिन के अपने घुटनों में बेतरह दर्द है। डॉक्टर ने मुझे दाखिल होने को कहा है, पर उफ! यहां तो गन्दगी और बू के मारे बुरा हाल है। तू कैसे रह लेती है यहां?'

'जैसे तू अपने घर रह लेती है न, बस वैसे ही मैं अपने घर रह लेती हूं। कहीं बीमार न पड़ जाऊं, इस डरे, से एडवांस में ही गिनेस मेरी इतनी तीमारदारी कर रहे हैं।'

'लकी गर्ल!'

'यू टू, अब तो विवाहित सुख का सर्टिफिकेट भी पाने वाली हैं तू।'

'सच जया! मुझे अपने पर बेहद ताज्जुब और खीझ आती है। इतनी अजनबीयत में कैसे मैंने कंसीव किया होगा। मेरी समझ से परे है।'

'विशुद्ध शारीरिक प्रकिया है मैडम यह। इसका दिल-दिमाग से वैसा ताल्लुक नहीं, जैसा तू सोचती थी। याद है, तू कहती थी, तेरा मजनूं तुझे आंखों-ही-आंखों में प्रेगनेंट कर

देगा।'

यशा कांप गई। मेरे मुंह पर हाथ रख दिया, 'वे दिन सुस्वप्न की तरह भूल जा! अब तो मैं वापस लौह-कुंज में पहुंच गई हूं। तुझे पता है, जिस साल मेरी शादी हुई, उस साल हमारी सास महोदया ने कृष्णजी को भी कारावास में डाल दिया। खरे सोने को प्रतिमा बनवाई गई। संगमरमर के देवालय में विशेष सुरक्षा के लिए भाई साहब ने एक नन्हा-सा स्पेशल शटर बनवाकर लगवा दिया। अब बता, जहां भगवान भी शटर में कैद हो, वहां इंसान को कोई मोहलत कैसे मिल सकती है!'

'घर तो लम्बा-चौड़ा होगा तेरा?'

'हां, है और हर मंजिल के बीच में लोहे का बड़ा-सा टट्टर लगा है। ऊपर की मंजिल पर जब बच्चे दौड़ते हैं, तब ऐसी आवाज होती है, जैसे सिर पर से रेल गुजर रही है। जिधर नजर डालो, बस लोहा-ही-लोहा नजर आता है, कहीं सचल, तो कहीं अचल।'

'तेरे पति सचल हैं या अचल?'

'उनकी न पूछ! उनके दिमाग में जाने कितने खाने बने हैं। हर समय भाग दौड़, हिसाब-किताब! जब तक एक भी खाने का हिसाब बकाया हो, मजाल है वह आदमी आराम कर ले। अनुबन्धों से फुरसत मिले, तो संबंधों पर ध्यान दें।'

'तेरा दिमाग फिजूल की दिमागी हलचल से भरा रहता है। अब तुझे अच्छे-अच्छे गाने सुनने चाहिए, बच्चों के खुशनुमा चित्र देखने चाहिए, मनपसन्द कपड़े पहनने चाहिए, और सबसे बड़ी बात, हंसना चाहिए।

यशा जाने को उठी, 'मेरा एक काम कर दे। तुझे तो पता होगा। कोई ऐसी दवाई नहीं, जिससे मुझे छुटकारा मिल जाए?'

'छि: यह सब क्या सोच रही है तू? कोई कहीं बेवकूफी तो नहीं कर डाली, जो ब्लीडिंग हो रही है तुझे।'

'नहीं, बेवकूफी करने लायक एकान्त भी कहां नसीब होता है। मैं तो आज सेन-नर्सिंग-होम में दाखिल हो जाऊंगी। डाक्टर का कहना है, सब ठीक हो जाएगा।'

'फिर क्या मुसीबत है?'

'जया! तू इतनी जड़ हो गई है या जानबूझकर सता रही है मुझे? मेरी ननद या जेठानी न बन, क्या बनी रह। नहीं तो कसम से मैं अब कभी नहीं आऊंगी।'

अपने यहां के रीति-रिवाज़ों पर बड़ा क्रोध आया। यह कैसा रिश्ता है, जहां न मन मिले हैं न मस्तिष्क, केवल जिस्म के स्तर पर जीवन चलता है। शादी में सिर्फ यह देखा जाता है कि एक साबुत शरीर लड़का एक साबुत शरीर लड़की को प्राप्त कर ले। दोनों की मानसिकता का कोई विचार नहीं किया जाता। बहुत हुआ तो आर्थिक स्थिति टटोल ली जाती है।

माता-पिता कन्यादान ऐसे कर देते हैं, जैसे गऊदान। हमारे मुल्क के सिवा और कहां ऐसा मजाक होता होगा कि अच्छे-खासे पढ़े-लिखे लड़के-लड़की शादी के वक्त अपना समस्त व्यक्तित्व माता-पिता के हवाले कर दें।

मैंने बिलकुल स्कूली अन्दाज में अपने बाएं हाथ की दो अंगुलियां क्रास कर लीं और अपनी किस्मत को चशमे बद्दूर कह लिया।

मेरे अन्दर तो शुरू से सहन-शक्ति बेहद सीमित थी। कहीं

यशा की त्रासदी मेरे साथ घटित हुई होती तो मैं सीधे कुतुब-मीनार से छलांग ही मार देती।

जिसे पांच मिनट बर्दाश्त करना दूभर हो, उसे जीवन-भर बर्दाश्त करना मेरी बर्दाश्त के बाहर की बात होती।'

गिनेस के साथ मेरी कोई शहनशाह जिंदगी नहीं थी, एक मामूली वेतन में मामूली तरीके से घर चल रहा था; लेकिन उसका गैर-मामूली व्यक्तित्व कभी मेरे जहन में वे अदना और औसत सवाल ही न उठने देता, जिनमे अकसर औरतें जुड़ी रहती हैं।

उसके प्यार में मुझे वाकई बाबुल का घर भूल गया।

कुछ डाक्टरों के समझाने से और कुछ शासकीय आश्वासनों पर अस्पताल की सफाई-कर्मचारियों की हड़ताल टूट गई।

हड़ताल टूटने के साथ ही उन्हें तत्काल जी-तोड़ परिश्रम करना पड़ा। इतने दिनों का मलवा उठाना आसान काम नहीं था।

जैसे-तैसे अस्पताल अपने ढर्रे पर लौटा।

इसमें एक बात खराब हुई। जो कर्मचारी नितांत अस्थाई तोर पर रखे गए, थे उनमें से कुछ की छंटनी कर दी गई। हड़-ताल के दिनों में जो सफाई-कर्मचारी भर्ती कर लिए गए थे, उन्हीं में से कुछ को बहाल कर लिया गया।

गिनेस को यह बात बुरी लगी। उसने डाक्टर गुप्ता से इंसाफ की अपील की।

डाक्टर गुप्ता भड़क गए, 'इंसाफ तो यह है कि साले सब के सब को निकाल बाहर करूं। इनसबौडिनेशन मुझसे बर्दाश्त नहीं होता। नौकरी के साथ क्वार्टर जब छीने जाएंगे, तब होश आ जाएगा सब को!'

'जब वे कुछ करते हैं, वह इंसाफ की दुहाई बन जाती है, जब मैं कुछ कहता हूं प्रतिशोध! देखो, गिनेस! तुम पीडिए ट्रिक-विभाग से सम्बद्ध हो, अपनी दिलचस्पी वहीं तक रखो। अस्पताल के प्रशासकीय काम मेरे जिम्मे पड़े रहने दो, मैं उन्हें बखूबी निपटाना जानता हूं।'

जो लोग निकाले गए थे, उनमें से तीन ने नगरपालिका में दस्तूरी दे-दिलाकर नौकरी हासिल कर ली। जो रह गए, वे अभी अस्पताल के क्वार्टरों में ही पड़े थे।

डाक्टर गुप्ता ने उन्हें कई बार नोटिस दिया; पर हर बार उनके पास यही जवाब था, हुजूर! इतने बड़े शहर में बाल-बच्चे लेकर कौन-सी सड़क पर बैठ जाएं!'

उनकी औरतें ही अपने उद्यम से घर चला रही थीं। डाक्टर गुप्ता ने आखिरी चेतावनी दे दी कि अगर क्वार्टर दो दिन के अन्दर न खाली किए गए, तो बल-प्रयोग किया जाएगा।

वे पांच परिवार थे। दूसरे दिन सुबह देखा गया, पांचों कोठरियां खाली पड़ी हैं। कोठरियां इतनी आसानी से खाली हो जाएंगी, यह किसी ने नहीं सोचा था। कई अधिकारी डाक्टर गुप्ता को सुझाव दे रहे थे कि इनका सामान जबरन निकालकर

बाहर फिकवाइए, तभी इन्हें निकाल पाइएगा। उनके अपने-आप निकल जाने से सभी एक क्षण को हतप्रभ-से हो गए।

फिर भी किसी को इतनी फुर्सत नहीं थी कि विस्थापित कर्मचारियों को लेकर ज्यादा माथापच्ची में पड़े। रोज के सैकड़ों केसेज थे, शाम के मरीज थे, अस्पताल की दैनन्दिन समस्याएं थीं, मेडिकल कालेज की राजनीति थी।

हादसा तब हुआ, जब किसी को इसकी उम्मीद न थी।

लगभग साल बीतने पर एक दिन शिमला से बिशप स्कूल के हेडमास्टर का तार आया। तार गुप्ता को सम्बोधित था, 'इन्फार्म चिल्ड्रेंस वेयर एबाउट्स इमोडेटली।'

गुप्ता परिवार में सनसनी फैल गई। डाक्टर गुप्ता ने तत्काल अपने वरिष्ठ, कनिष्ठ, समस्त अधिकारियों से तार का अर्थ समझने की कोशिश की।

मिसेज गुप्ता ने फौरन शिमला चल पड़ने की तैयारी कर डाली। अभी वे निकले भी न थे कि शिमला ट्रंककाल पर हेड मास्टर ने बताया कि आकार और आधार पिछले चौबीस घंटे से होस्टल से लापता हैं।

मिसेज गुप्ता चीख मार-मारकर रोने लगीं। डाक्टर गुप्ता के हाथ कांप गए। दोनों बदहवास हो गए।

अतः शहर से शिमला के लिए तीन कारें चलीं, डाक्टर

प्रधान और मेंहदरिता के साथ-साथ हम भी।

सबके मन आशंका से कांप रहे थे। कोई किसी से न बोला।

छत्तीस घंटे पुलिस और सी० आई० डी० के लगातार दौड़-धूप करने के बाद बच्चे बरामद हुए। कहां उनके लिए शिमला और निकटवर्ती गांवों, कस्बों तक तलाश की गई थी, कहां वे पाए गए स्कूल के ही अन्दर, दोनों साथ-साथ। दोनों को साथ लिटा दिया गया था, अगल-बगल, निःस्पन्द, निश्चष्ट, निर्जीव। उनका गोरा रंग चूने की सफेदी में तब्दील हो चुका था। पूरे शरीर में केवल गर्दन पर घाव था और माथे पर।

हक्का-बक्का रह जाना कोई स्थिति नहीं होती, विपत्ति होती है। गुप्ता-दम्पति को निःशब्द चीत्कार, डाक्टरों द्वारा शवों को विस्तृत जांच, पुलिस का हत्या की कोठरी के चारों ओर घेराव और स्कूल के लोगों की आसपास भीड़ के बावजूद दिमाग कोई भी तथ्य ग्रहण नहीं कर रहा था।

लग रहा था कोई कह दे यह सब झूठ है, नाटक है, आकार अभी चलकर आए और मिसेज गुप्ता की साड़ी में लिपट जाए, 'ममी हमें साफ्टी खानी है।'

बच्चों के कपड़े देखकर लग रहा था। उन्होंने जान बचाने के लिए बहुत संघर्ष किया होगा। कमीजें पैंट से बाहर निकली हुई थीं। यूनिफार्म नहीं थी, शाम के कपड़े थे। पैरों में पहनी स्लीपरों में तीन वहां पड़ी थीं, चौथी गायब थी।

किसी को कुछ समझ नहीं आ रहा था। डाक्टर गुप्ता माथे पर हाथ रखे प्रिंसिपल और वार्डन की आवाजें सुन रहे थे।

बुधवार की शाम बच्चे क्लासें खत्म कर अपनी डारमिटरी

में आए थे। हमेशा की तरह कपड़े बदले, जूते उतारे, बस्ता पटका और सभी बच्चों के साथ लाइन बनाकर मेस में नाश्ते के लिए गए।

मौसम कुछ ठंडा था, इसलिए कोई भी बच्चा मैदान में नहीं खेला। सुबह से ही धुन्ध फैली हुई थी। गेम्सरूम में पड़ी टेनिस टेबिल पर आकार, आधार, सुरिन्दर और जसपाल कुछ देर खेले।

कुछ बच्चे सीढ़ियों के हत्थे पर फिसलने लगे। यह उनका रोज का खेल था। कुछ गलियारे में ही भाग-दौड़ कर रहे थे।

तभी घंटी बजी और एक-एक कर बच्चे अपनी-अपनी रफ्तार अपनी जगह पर पहुंच गए। शाम झुकपुका गई थी।

आकार और आधार ने जर्सी ढूंढ़ने की कोशिश में अपनी आलमारी के कपड़े खासे उलट-पलट किए, फिर उन्होंने स्कूल वाली नेवी ब्लू जर्सियां ही पहन लीं।

यह बच्चों को पढ़ने का समय था। हरेक को एक-एक मेज-कुर्सी मिली हुई थी। गणित के टीचर मिस्टर होडीवाला दो बार पूरे हाल का चक्कर लगाया करते है।

उस दिन आधार होमवर्क करने बैठा, तो पाया वह अपना ज्योमेट्री-बक्स क्लास में ही भूल आया है। यह कोई इतनी बड़ी बात न थी कि इसके बिना होमवर्क हो ही न सके। दूसरे बच्चे से लेकर वह काम कर सकता था; पर बच्चे प्रायः ऐसे बहाने मिल जाने पर, टिककर बैठते नहीं, ढुंढाई शुरू कर देते हैं। फिर आधार को पक्का याद था कि ज्योमेट्री-बक्स और कहीं नहीं, क्लान में डेस्क के अन्दर होगा।

मिस्टर होडीवाला से इजाजत लेकर आधार जाने लगा, तो उन्होंने आकार को उसके साथ कर दिया और टार्च भी पकड़ा दी।

यों अहाते में तो बत्ती रहती थी; पर क्लासों में कभी-कभी बल्व नदारद हो जाते। आसपास हरियाली होने के कारण दिन-रात सांपों की सम्भावना भी बनी रहती थी।

दोनों भाई कूदते-फांदते अहाते के पार दूसरी इमारत की ओर चल दिए, जहां कक्षाएं लगा करती थीं। ठंड खासी थी; लेकिन उन्हें मजा आ रहा था।

मिस्टर होडीवाला राउंड लगाकर चले गए। उनकी ड्यूटी दूसरे राउण्ड के बाद समाप्त हो जाती थी। वह स्कूल से सटकर बने स्टाफ-क्वार्टरों में से एक में रहते थे।

जाने कितनी देर बाद, खाने के भी, बच्चों को ख्याल आया कि आकार और आधार अभी तक लौटे नहीं। उन्होंने सोचा जब वार्डन आएंगे, उन्हें वे बताएंगे।

वार्डन का कमरा नीचे था और ठंड की रात में निकलने का मन किसी का न था।

सुबह बच्चों ने वार्डन को बताया। तत्काल बच्चों की तलाश की गई। वे क्लास में नहीं थे, ज्योमेट्री-बक्स आधार के डेस्क में रखा था। क्लास की सांकल ज्यों-की-त्यों लगी पड़ी थी। बच्चे वहां तक पहुंचे ही न थे।

पहले तो यह सोचा गया कि बच्चे मस्ती में इधर-उधर खिसक गए हैं। उन्हें पूरी इमारत में खोजा गया, फिर हेडमास्टर ने पुलिस में एफ० आई० आर० दर्ज करा दी।

यों तो हेडमास्टर का खयाल था कि बच्चे जरूर दिल्ली घर भाग गए हैं, फिर भी वह अपना रेकार्ड दुरुस्त रखना चाहता था।

बच्चों के पांवों के निशान भी ज्यादा मदद नहीं दे रहे थे। दुर्घटना के बारह घंटे बीतने पर भी पुलिस को कोई कामयाबी नहीं मिली, तब हेडमास्टर ने डाक्टर गुप्ता को तार और ट्रंक काल एक साथ किया।

उन्होंने सोचा था डाक्टर गुप्ता का जवाबी तार आता होगा कि बच्चे घर आ गए हैं और उनकी गुस्ताखी पर पिता को अफसोस है। विपरीत उत्तर पाकर सब की घबराहट बढ़ गई।

खोज-बोन की सरगर्मियां बढ़ती गई। जैसे-जैसे वक्त बीत रहा था बच्चों के जीवित मिलने की सम्भावना कम हो रही थी।

यह तो किसी ने सोचा न था कि बच्चे स्कूल के पिछवाडे इस कंडम कोठरी में पाए जाएंगे, जो पिछली बारिशों के बाद से बन्द पडी थी और जिसके अस्तित्व के भी बारे में स्कूल के लोग भूल से गए थे।

पहले इस कोठरी में भूगोल-विभाग के नक्शे, चार्ट वगैरह रखे जाते थे, लेकिन पिछली बरसात में यह चूने लगी थी, कुछ नक्शे एकदम गल गए और इसकी दीवारों में महीनों सीलन बसी रही।

सामान उठाने के बाद इसमें एक छोटा-सा ताला डाल दिया गया था। वह जंग लगा ताला भी कोठरी के अन्दर बरा-

मद हो गया। बाकायदा ताली लगाकर खोला गया था वह।

पुलिस-तहकीकात के दौरान कुछ बातें जो सामने आईं, उनमें से एक थी कि बोर्डिंग हाउस के कर्मचारियों, नौकरों में से एक पिछले दस दिन से छुट्टी पर था। कैंपस पर रहने वाले हर आदमी की पेशी हुई। किसी से कोई सुराग न मिला।

पोस्टमार्टम रिपोर्ट के बाद शव हमारे हवाले कर दिए गए। कहां तो उस रास्ते से एक हंसता-खिलखिलाता परिवार आया करता था, कहां एक रोता-सुबकता काफिला लौटा।

मिसेज गुप्ता को बार-बार गश आ रहा था। डाक्टर गुप्ता अलग समाधि स्थित थे।

यह एक ऐसा जानलेवा जलजला था कि हमारे दिलासा देने के हौसले भी पस्त थे। आखिर क्या कहकर उन्हें ढांढस बंधाया जा सकता था? क्या यह कि वे अपने बच्चे भूल जाएं या यह कि वे समस्त बच्चों को अपने बच्चे समझने लगें या यह कि वे एक बच्चा गोद ले लें। उनकी विपत्ति के आगे ये सब मूर्ख विकल्प थे, जो उनके गमजदा जिगर को कोई भी सुकून नहीं दे सकते थे।

जिन मां-बाप ने अपने नन्हें-नन्हें बच्चों का रोना-हंसना; ठुनकना-मचलना, दौड़ना-भागन अपनी आंखों से देखा हो, वे क्या कभी उन बच्चों को भूल सकते थे!

बच्चे बीमार होकर गुजर जाते या दुर्घटना में फंस जाते या कहीं दूर भाग जाते, तब भी सब्र किया जा सकता था; पर वे तो आनन-फानन में ऐसे चले गए, जैसे गैस चली जाती है, जैसे भरे मेले में जेब कट जाती है, जैसे बदली-पानी में सूरज डूब जाता

है।

उनके घर में एक नहीं, दो-दो सूरज डूब गए थे।

मुझे बार-बार तालस्ताय के एक उपन्यास की पंक्तियां याद आ रही थीं, सब सुखी परिवार एक-से होते हैं, प्रत्येक दुखी परिवार अपने निजी व अलग कारणों से दुखी होता है।

गुप्ता-दम्पति का दुख सहनशक्ति की सभी सीमाओं की खिल्ली उड़ा रहा था।

गिनेस रह-रहकर तिलमिला रहा था, पुलिस की निष्क्रि-यता और अपराधी की सक्रियता पर। अगर पुलिस और सी० आई० डी० ने ढूंढने में इतने घंटे न लगाए होते तो मुमकिन है, बच्चे जीवित मिल जाते।

जाने कितने गुंडे रहे होंगे, जाने कैसे लोग रहे होंगे वे, क्या मारने के पहले उन्हें बहुत तड़पाया गया होगा, बच्चे जरूर चिल्लाए होंगे, 'बचाओ, बचाओ', सर्द रात में आवाज किसी रजाई के नीचे पहुंच न पाई होगी।

डाक्टर प्रधान, मेंहदरित्ता और गिनेस लगातार शिमला पुलिस से सम्पर्क रखे हुए थे कि हत्यारे का पता मिल जाए; लेकिन डाक्टर गुप्ता और उनकी पत्नी इस ओर से उदासीन थे।

इसलिए जब ठीक ग्यारह दिन की खोज-बीन, दौड़-धूप के बाद अखबारों में बड़े-बड़े अक्षरों में समाचार छपा कि गुप्ता-बालकों का तथाकथित हत्यारा पकड़ा गया, एक बार फिर रो पड़ने के अलावा गुप्ता-दम्पति और कुछ भी न कह पाए।

विभिन्न समाचार-पत्रों से उनके पास उनकी प्रतिक्रिया

जानने को विशेष सम्वाददाताओं का तांता लग गया। टी० वी० पर शोक-संतप्त दम्पति के चित्र, दिवंगत बच्चों की विविध झलकियां दिखाई गई। हरेक अखबार के मुखपृष्ठ पर आकार और आधार के चित्र छपे; लेकिन उनके माता-पिता वैसे ही हाथ मल-मलकर पछताते रह गए, जैसे ग्यारह दिन पहले पछ-ताए थे कि उन्होंने बच्चों को अपने से दूर क्यों जाने दिया, क्यों नहीं उन्हें दिल्ली में ही पढ़ाया? सिर हाथों में थाम जिंदगी-भर पछताने के सिवा और क्या किया जा सकता था अब।

एक रिपोर्टर द्वारा बहुत अधिक पूछे जाने पर कि अपराधी का पता लग जाने से कैसा लग रहा है, डाक्टर गुप्ता बुरी तरह चिल्ला पड़े, 'आप क्या सुनना चाहते हैं कि मैं बहुत खुश हुआ हूं? मैं क्या करूं? क्या जाकर पुलिस को इनाम बांटू? या उस हत्यारे को सामने के पेड़ से लटकाकर फांसी पर चढ़ा दूं, या दांत निपोरते हुए अपनी तसवीर खिचवाऊँ? भगवान के लिए मुझे अकेला छोड़ दीजिए। बेशक पुलिस एक की जगह दस हत्यारे लाकर खड़े कर दे मेरे सामने, क्या उनमें से एक का भी सिर मेरे बेटों की गरदन पर फिट बैठेगा?'

यह तो थी बाहरी लोगों के सामने उनकी प्रतिक्रिया। अकेले में उनकी हालत और भी दयनीय थी। बड़ी-बड़ी देर वह एकदम जड़ हो जाते, एकटक, खाली, भावशून्य नजरों से सीधे सामने ताकते रहते।

उन्हें बार-बार यह कचोटता कि उन्होंने सारे संसार के बच्चों को अटेंड किया, एक अपने ही बच्चों को न किया। इस पेशे ने उन्हें कभी इतना वक्त ही नहीं दिया कि वह अपने बच्चों के

बाप बन पाएं। उन्हें क्या पता था, बच्चे यों अचानक चले जाएंगे।

सिसेज़ गुप्ता अपना दुःख भूलने को पति की ओर देखतीं, तो स्वयं रो पड़तीं। वह न अकेली बैठ पातीं, न पति के संग। उनकी कोई-न-कोई सहेली उनके पास बनी रहती।

तीसरे दिन हथकड़ी, बेड़ियों में पुलिस की विशेष हिरासत में तथाकथित हत्यारे को राजधानी लाया गया।

हम सब जब कचहरी पहुंचे, तब उसे देखकर बुरी तरह चौंक पड़े। यह एक पहचाना चेहरा था। सबने स्मृति पर ज़ोर डाला, नहीं-नहीं, यह उन विस्थापित कर्मचारियों में से नहीं था, यह कोई पागल नहीं था।

हां, याद आया, यह वह आदमी था, जिसने अभी मई में भरी दोपहरी में डाक्टर गुप्ता का दरवाजा खटखटाया था और डाक्टर गुप्ता बाहर नहीं निकले थे। आदमी के हाथों में एक घायल बच्चा था। स्कूटर का पहिया उसके पेट को रौंदता हुआ निकल गया था, उसे अविलम्ब उपचार की जरूरत थी, लेकिन डाक्टर गुप्ता ने नौकर से कहलवा दिया था, 'पहले थाने में रिपोर्ट लिखाकर आओ, तब देखेंगे।'

आदमी ने लाख माथा रगड़ा, डाक्टर गुप्ता अपने उसूल से टस-से-मस न हुए।

उस आदमी ने अपना घायल बच्चा बरामदे में लिटा दिया और चिल्लाया, 'मैं जानता हूं डाक्टर साहब! आप बाहर क्यों नहीं निकल रहे। मैं एक निहायत मामूली दूकानदार हूं। मेरे पास इस वक्त चांदी की जूती होती, तो आपके सिर पर मारता और आप खुशी से खोपड़ी सहलाते हुए मेरा बच्चा बचा लेते। आप डाक्टर नहीं, जानवर हैं! पैसे के गुलाम! आपसे निपट लूंगा, डाक्टर साहब! कभी मेरा भी मौका लगेगा।'

दरबान ने उसे और उसके मरीज को जबरदस्ती बाहर कर

दिया। हालांकि बच्चे की दशा देखकर उसका भी दिल हिल गया था। उसे लगा, डाक्टर साहब को यों लोगों की दुराशीष नहीं लेना चाहिए। देख लेते, तो इनका क्या बिगड़ जाता।

उस दिन तो उसका नाम भी न पता चला था। आज पता चला था-मार्तण्ड।

इसने अभी महीने-भर पहले शिमला-स्कूल में चपरासीगीरी हासिल की थी। उसके पास वह कटार बरामद हुई, जिससे उसने यह नृशंस काण्ड किया था। उसे देखकर एकबारगी मिसेज़ गुप्ता बेकाबू होकर उसकी तरफ दौड़ीं; लेकिन हम लोगों ने, उन्हें संभाला।

कानून के शब्दों में अभी तो यह भी सिद्ध होना बाकी था कि असली हत्यारा वह है अथवा कोई और।

इस बीच शहर के शिशु-मरीजों का बुरा हाल रहा। मरीज रोज डाक्टर गुप्ता के बंगले पर आते और लौट जाते। उन्हें इस वक्त न अपनी निजी प्रैक्टिस का होश था, न अस्पताल के कार्य का। उन्होंने लम्बी छुट्टी ले ली थी।

रोगियों को हो रही भयंकर असुविधा के कारण, डाक्टर गुप्ता के सुझाव पर गिनेस ने घर पर मरीज देखने शुरू कर दिए।

पहले-पहल गिनेस रोगियों को देखकर दवाई लिख देता था, फीस नहीं लेता था; लेकिन कैम्पस पर रहने वाले अन्य डाक्टरों ने इसका तीव्र विरोध किया। उन्होंने कहा, इससे अन्य डाक्टरों की प्रतिष्टा और प्रैक्टिस की गरिमा भंग हो रही है। यह न उचित है, न व्यावहारिक। फिर बच्चों के अभिभावक भी यह

स्थिति पसन्द नहीं कर रहे थे कि वे अपने बच्चे की चिकित्सा निःशुल्क कराएं। अतः निःशुल्क चिकित्सा बहुत थोड़े दिन ही चल पाई।

अब होता यह था कि लोग खुद-ब-खुद मेज पर फीस रख देते। गिनेस को बेहद संकोच होता। यह उनके आदर्शों के प्रतिकुल था; किन्तु उसे इतनी तसल्ली थी कि असमर्थ लोगों के शिशु-रोगी वह अभी भी मुफ्त देखा करता।

गिनेस की साख और आमदनी धूप की तरह बढ़ी और चढ़ी। मेडिकल-क्षेत्र में यह पहला उदाहरण था कि इतने युवा डाक्टर में लोगों का इतना विश्वास हो व रोगों की उसकी शिनाख्त ऐसी हो कि बड़े-बड़े दिग्गज भी हार मान जाएं।

गिनेस उन डाक्टरों में से था, जिनसे बात करके ही मरीज अपने को स्वस्थ महसूस करने लगता है। उसका अपने मरीजों से सहज सम्प्रेषण था। नन्हें मरीज उसके पास आकर रोते-चिल्लाते नहीं थे, महज खद को उसके हवाले कर देते।

अस्पताल में भी गिनेस को दुगना, तिगुना काम सम्भालना पड़ता। एक तो डाक्टर गुप्ता छुट्टी पर थे इसलिए, दूसरे इस लिए कि अधिकांश शिशु-रोगी उसी की सलाह पर वहां भरती होते।

यह सब तो सुन्दर था और मुझे गिनेस की सफलता पर प्रतिपल अभिमान था; किन्तु कुछ बातों के अनिवार्यतः घटित होते जाने के कारण मैं हतप्रभ भी थी। गिनेस का एक लगा बंधा दैनिक-क्रम था। सुबह साढ़े सात तक नहा-धोकर नाश्ता कर अस्पताल के लिए तैयार होना, फिर मेडिकल कालेज जाना, वहां से फिर अस्पताल का राउंड, दोपहर का खाना, अपनी थीसिस के लिए अध्ययन और शाम के राउंड और प्रैक्टिस।

रात आखिरी मरीज देख देने के बाद वह इतना थका होता कि उससे खाना भी न खाया जाता। ऊपर से रात-बिरात

फोन। कई बार यह होता कि अलस्सुबह जब मैं नींद से जागती, पाती गिनेस गायब है। सिरहाने चिट पड़ी है, 'सारी डार्लिंग! एमरजेन्सी केस।'

कभी गिनेस दोपहर के खाने पर न आता। मैं दो बजे तक राह देखती, तीन बजे तक देखती और आखिर चार बजे झूंझलाते हुए खाने के बजाय काफी पीने बैठ जाती।

रात उसका इन्तजार करते-करते भूख तो क्या, नींद भी रूठ जाती। अन्य औरतों की तरह मैं पपलु खेलकर, शापिंग कर-कर या नोट गिन-गिनकर दिन नहीं गुजार सकती थी।

अब जब गिनेस इतना व्यस्त और गैरहाजिर था, आश्चर्य के अलावा और करने को बचा क्या था?

समझते-समझते भी कई बार नासमझी हो जाती है। आम तौर पर रविवार को गिनेस मरीज नहीं देखता था। उस दिन अस्पताल तो बन्द रहता ही, प्राइवेट मरीजों को भी पता रहता, वे कम ही आते।

मेरे मन में शुरू से छुट्टी का दिन बिताने का एक खास कार्यक्रम था। सुबह देर तक अलसाते हुए पड़े रहो, पड़े रहो। चाय बनवाओ, पियो, टालते रहो नहाना, अखबार पढ़ना एक तगड़ा बहाना। छुट्टी है तो खाना हमेशा बाहर, शाम को पिक्चर।

लेकिन गिनेस को कुछ ऐसा अभ्यास पड़ चुका था कि इतवार को भी वह सुबह साढ़े सात बजते-न-बजते नहा-धो कर तैयार हो जाता। नाश्ते के फौरन बाद वह मोटी-मोटी किताबों में उलझ जाता। कभी किसी जर्नल के लिए, कभी किसी अखबार के लिए उसे पेपर्स लिखने होते।

ग्यारह बजे एक कप काफी के सहारे वह फिर दो घण्टे अध्ययन करता रहा। उसे अपनी व्यस्तता और कार्याधिक्य से कोई शिकायत भी न थी।

यह तो मेरा ही बावला मन था, जो उस की दूधिया मधुर

बातों के लिए अब भी तरसता था, अब भी शहर की दूरदराज सड़के उसके संग कदम-से-कदम मिलाकर वक्त-बेवक्त नापना चाहता था। किसी अंधेरे कोने में एक अकेली दुनिया निर्मित करना चाहता।

लेकिन गिनेस बाहर खाने के नाम से ही भड़क जाता, 'छिः, आजकल शहर में पीलिया फैला हुआ है, जान-बूझकर बीमारी बुलानी है !'

'यह जो इतनी दुनिया बाहर रखती है, बेवकूफ है ?'

'यकीनन।'

'सब तुम-जैसे हो जाएं, तो शहर के सारे रेस्तरां बन्द हो जाएं।'

'हां, तब अस्पतालों में आज-जैसी भीड़ न हो। हमारे मुल्क में समस्त रोगों की जड़ पेट है। गलत समय पर गलत भोजन, गलत तरीके से पकाया-खाया जाना। मौत को जान बूझकर करीब बुलाना है।'

'सारी दुनिया तो तुम्हारी तरह उबली सब्जियां सौर सूप लेकर खुश नहीं रह सकती।'

'तुम क्या चाहती हो, मैं करोलबाग में तुम्हारे साथ खड़ा होकर चाट के पत्ते चाटू ?'

एक रविवार बहुत जोर देने पर गिनेस पिक्चर के लिए राजी हो गया पुरानी फिल्म थी 'खामोशी'; लेकिन हमारी देखी हुई न थी।

मैं कहा, 'फिल्म डाक्टरों से सम्बन्धित है।'

गिनेस को हिन्दी-फिल्में पसन्द न थीं, बोला, 'फिल्मों में डाक्टर या तो नर्सों से इश्क लड़ाते हुए दिखनाए जाते हैं या देवता का काम करते। दोनों ही बातें बनावटी हैं।'

'तुम हर चीज को अपने तरीके से क्यों देखना चाहते हो ? दूसरों का तरीका भी देखना चाहिए।'

'जो ठीक हो वही देखना चाहिए। मैं तो तुम्हारी खातिर जा रहा हूं। वरना मेरे पास बरबाद करने को तीन घण्टे हैं ही नहीं।'

मैं जल्दी से तैयार होकर चल दी अभी हम गेट से बाहर निकले ही थे कि अस्पताल की तरफ से एक आदमी लगभग भागता आया और कार के रास्ते में खड़ा हो गया, 'डाक्टर साहब ! मेरा बेटा दम तोड़ रहा है, आंखें उलटने लगी हैं, जल्दी देख लीजिए।'

'डाक्टर पहाड़िया वहां नहीं है ?'

'डाक्टर साहब सुबह आए थे, तब बच्चा ऐसे नहीं कर रहा था, डाक्टर साहब ! मैं लुट जाऊंगा, देख लीजिए।'

गिनेस फौरन स्टियरिंग छोड़ कर उतर गया। तेज, पक्के कदमों से वह अस्पताल की ओर मुड़ गया, बिना एक भी बार मुझसे बोले या देखे।

मेरा मन तिक्त हो गया। कार गेट के अन्दर कर मैं कमरे में बिस्तर पर पड़ गई।

यह भी कोई तरीका है, न गिनेस ने सारी कहा, न कोई दिलासा, बस उतरा और चल दिया, जैसे कहीं आग लग गई हो कितनी मुश्किल से महीनों बाद आज पिक्चर का प्रोगाम बना था।

मुझे लगा गिनेस मेरे साथ जाना नहीं चाहता था, इसलिए चल दिया। अब झट से फ्री हो भी गया, तो जल्द नहीं लौटेगा, साढ़े तीन के बाद ही। अहाते में और भी डाक्टर हैं, उनके भी मरीज हैं; लेकिन वे अपनी निजी जिन्दगी यों रेहन नहीं रख देते।

गिनेस ने अगर मेरी ओर मुखातिब हो एक बार भी कहा होता, 'क्या करू जया ! मैं अस्पताल जाना तो नहीं चाहता; पर मजबूरी है, तो शायद इतना बुरा न लगता और मैं इस

कदर उफनती न पड़ी होती; लेकिन उसका यों फुरती से चला जाना, मानो वह इस मौके का इंतजार ही कर रहा था?

इस वक्त मैं इतनी हताश थी कि लग रहा था, जैसे गिनेस के जीवन से मेरी प्रासंगिकता अब समाप्त होती जा रही है।

जैसा सत्विक खाना वह खाता था, नौकर बखूबी बनाकर दे सकता था। वैसे भी मैंने कभी भी रसोईदारिन के रूप में प्यार की सार्थकता नहीं चाही थी।

गिनेस उन आदमियों में से भी नहीं था, जो पत्नी से जगह पर जूते और खूंटी पर बनियान की अपेक्षा करते हैं। अकसर वह नहाकर इतनी फुर्ती से तैयार हो जाता कि मुझे पता भी न लगता वह कब गुसलखाने में घुसा था।

उसके पास कोई खाली समय नहीं था-जब उसे मनोरंजन के लिए एक साथी की जरूरत हो।

अकसर हम थोड़ी-बहुत जो भी बातें करते थे, रात ग्यारह बजे के बाद ही। बाकी समय मैं केवल उसका इन्तजार किया करती। ये पिछले छः माह मैंने इन्तजार में ही गुजारे थे।

कभी-कभी वह फोन कर दिया करता कि देर में आएगा या नहीं आएगा। कभी फोन करने का भी उसे खयाल न रहता। काम से बरी हो जब सिर उठाकर वह देखता, पाता तीन बजे हैं।

मुझे लगा मैं खामखाह अपनी उपस्थिति से उसे डिस्टर्ब करती रहती हूं। इस वक्त जब उनका सारा ध्यान अपने काम, अपने अध्ययन, अपनी प्रैक्टिस में लगा है, मैं अपनी घरेलू सामान्यता से लदी-फंदी महज एक गतिरोधक हूं।

गिनेस कितना व्यस्त और सफल था! सफल आदमी कितना सम्पूर्ण होता है। उसे अगर-बगल किसी की जरूरत नहीं होती।

बिस्तर पर औंधे पड़े-पड़े मुझे बड़ी शिद्दत से अपने नाते-

रिश्तेदार याद आने लगे, मां-बाप, चाचा-चाची, गांव-मुहल्ला। जब तक मैं खुश थी, कितनी संपूर्ण थी, मुझे कभी कोई याद न आया, आज जब मन झुंझलाहट, रुलाहट और डबडबाहट से भरा था, सब मेरी आंखों के आगे घूम रहे थे। मुझे महसूस हो रहा था मैंने सब को कैसे इतने दिनों तक छोड़े रखा, बिना कभी खैरियत पूछे।'

जब गिनेस ने झंझोड़ कर जगाया, तो मैं झटके से उठी।

पहले कुछ समझ में न आया कि सुबह है या शाम। जब गिनेस ने कहा, 'चलो, अगले शो के लिए तैयार हो जाओ!' तब खयाल आया यह तो शाम के छह बजे हैं और तीन घण्टे पहले गिनेस मुझ से मुंह मोड़कर गया था।

एक अच्छी नींद के बाद मैं अब इस वक्त गुस्सा नहीं थी; पर इसे अपनी प्रतिष्ठा का प्रश्न बना मैं रूठ गई। मुझे गिनेस से चिढ़ हुई। मुझे उदास या खुश करना इस आदमी के लिए कितना आसान था। वह अभी-अभी नहाया लगता था, उसके शरीर से टूथपेस्ट,डेटाल, टेल्कम पाउडर और साबुन की ताजी गंध उठ रही थी।

मैं समझ गई उसका पेशेन्ट बच गया होगा। जिस दिन उसका कोई मरीज गुजर जाता, वह इस खराब मूड में हो जाता था कि उससे संवाद मुश्किल हो जाता।

मैंने उसकी बात का जवाब न देते हुए कहा, 'काश! मैं तुम्हारो मरीज होती, कम से कम दिन में दो बार तो तुम मेरा हाल पूछा करते, मेरी चिन्ता करते!'

'मेरे पास इन फिजूल की कल्पनाओं के लिए वक्त नहीं है। चलना है या नहीं, बताओ, यस और नो?'

'मैं वार्डबाय नहीं हूं। यस और नो की भाषा मुझे रास नहीं आती।'

'तो तुम्हारे चक्करदार, दार्शनिक उत्तरों के लिए मेरे पास

फुर्सत नहीं। मैं स्टडी में जा रहा हूं।'

गिनेस अपने कमरे में बन्द हो गया। मैं जान गई इस वक्त वह पढ़ नहीं पाएगा। खामख्वाह इतवार की मिट्टी पलीद हो गई।

मुझे अपनी बेवकूफी पर अफसोस हुआ। क्या मैं चुप नहीं रह सकती थी? पति को हां-में-हां और ना-में-ना मिलाना आसान ही होता होगा, तभी करोड़ों लोग शादी करते हैं और सुखी रह आते हैं। मेरे लिए शादी की यह सीधी-सादी वर्णमाला कितनी मुश्किल पढ़ने लगी थी।

घर के किसी कोने में मन नहीं लग रहा था। मैं स्टडी में जाना चाहती थी, सुलह के लिए; लेकिन कमरा अन्दर से बन्द था।

मैं रात-भर तिलमिलाती रही।

सुबह आंख लगी होगी तभी मुझे गिनेस के जाने की खबर न हुई।

नींद टूटी पिंकू की खटर-पटर से। पड़ोस के डा० जोशी का नन्हा बेटा अभी स्कूल नहीं जाता था। ममी-पापा दोनों अस्पताल चले जाते, तो उसके लिए घर खाली हो जाता।

बुढ़िया आया जब उसके पीछे दौड़ती परेशान हो जाती, उसे हमारे घर ले आती। कभी वह अपना काला भालू लेकर खुद ही भागकर आ जाता।

मन उत्फुल्ल हो तो उससे तुतला-तुतलाकर बातें करना मुझे बहुत पसन्द था। बिलकुल उसकी उम्र की बन मैं उसके साथ क्रिकेट खेलती और स्वयं हार जाती। कभी वह यों ही मेरे पीछे-पीछे घूमता रहता और एक-एक चीज को छूकर पूछता, 'आंटी ए का है?'

मैं बताती तो वह दोहराता, 'पेन्छिल, तिकाब, इच्छे का करते?'

मैं उसे बताती।

वह फिर सवाल करता, मैं फिर जवाब देतीं।

कई बार खेलते-खेलते वह हमारे हो घर में सो जाता। तब उसकी आया गोद में उसे ले जाकर अपने घर में लिटा देती।

लेकिन आज उसे देखकर भी मेरे चेहरे पर हंसी नहीं आई।

'आया ने कहा, क्या बात है बिटिया! आज देर तक सोती रहीं। तबियत तो ठीक है न!'

पिंकू ने अपने हाथ का दफ्ती का डिब्बा मेरे पलंग पर रखा और बोला 'पिंकू डाक्टर! डाक्टर-सेट से आण्टी शीक कर दे।'

उसके पास आज नन्हा-सा डाक्टर-सेट था। उसमें नन्हा-सा स्टेथस्कोप, सिर्रिज, रुई, पलास्टिक की घड़ी, थर्मामीटर और गला देखने का औजार भी था। साथ ही पानी की कटोरी। एक कागज नुस्खा लिखने को साथ था।

काफी सुन्दर सामान था। पिंकू आया से कह रहा था, 'दाई! पानी लाओ, आण्टी को छुई लगेगी।'

पिंकू ने बिलकुल डाक्टरी अन्दाज में मेरी बांह पर रुई गीली करके रगड़ी और सिरिंज संभालने लगा। उससे उसमें पानी भरा नहीं जा रहा था। मैंने उसकी कोई मदद नहीं की।

वह कुछ हैरान होकर मुझे देखने लगा। फिर बिना पानी भरे उसने सिरिज मेरी बांह से सटाई और हटा ली, 'आण्टी शीक हो गए, शीक हो गए।'

मैं अब भी शरीक नहीं हो पाई।

पिंकू मेरा मुंह पकड़कर बोला, आण्टी! शीक हो गए,है न!'

मैंने उसका गाल थपथपा दिया, बिना बोले। उसने मेरे होंठ खोलने की कोशिश की, आण्टी! बोलो।'

मेरा मन बहुत भारी था।

आया बोली, 'बिटिया की तबियत ठीक नहीं लगता है। बाबा ! चलो, चलें।

'नई, अम नई जाना। 'आण्टी हंछो हंछो' ' 'नईं हंछोगे तो हम गोली माल देंदे, एक' ' 'दो' ' '।'

मैंने एक बार हंसने की वाकई कोशिश की।

मैं फूट-फूटकर रो पड़ी।

□□